07 菜鳥鍊金術師開店營業中

Management of Novice Alchemist Whoa, I Got an Apprentice?!

いつきみずほ
Presented by itsuki mizuho
ふーみ
Illustration by fuumi

Kadokawa Fantastic Novels

插畫／ふーみ

Contents

Management of
Let's Stop the Epidemic!

第七章

防治傳染病！

07

Management of
Novice Alchemist Let's Stop the Epidemic!

Prologue

序幕

南斯托拉格領主宅邸辦公室裡的所有人忙得不可開交。

還可以看見有一名少女站在中央，毫不客氣地對周遭大人下令——沒錯，那名少女就是我。

「我們必須封鎖格連捷。請命令港口的船隻禁止出港，還有在出入格連捷的道路上設攔檢站。也麻煩在中午之前召集好士兵……我希望人數最好是最低人數的兩倍。我會挑出抵抗力應該比較強的人去格連捷支援。」

「遵命。我會在中午之前召集最低人數兩倍的士兵過來。」

我對立刻復誦跟接下命令的團長點點頭，同時拿起筆。

「委任狀——」

我在克蘭西迅速遞出的委任狀上簽名，再交給團長。他的其中一名副官也隨即跑出辦公室。

「克蘭西，糧食存量夠嗎？」

「目前存量經不起額外消耗。今年秋天還有大約一半的農田還沒結束收成作業。要是疾病蔓延開來，很可能會影響到收成進度。」

「如果狀況危急，我會再派羅赫哈特領的士兵幫忙收成。已經上繳的跟村子裡收成的作物也不要在疾病銷聲匿跡前賣掉，先存起來以備不時之需。要是不換成現金會不方便繳稅，就延後繳稅期限。」

「遵命。」

他馬上拿出新的紙張，並拿起筆。應該是準備寫一份正式的委任狀。

「摩根，穀物目前的市價怎麼樣？」

「跟收成量普通的年份差不多。現在這個時期因為有新一波作物流入市面，價格有稍微下降，但這場疾病的消息傳出去以後就很難說了……」

「應該這幾天是關鍵期。請盡快收購穀物。如果有餘力，也麻煩幫其他領地確保糧食。至於收購用的資金……」

我看向克蘭西，他也點了點頭，表示沒有問題。

「就由羅赫哈特來提供吧。假如有必要——你也可以用我全權代理人的名號加速交涉。」

「遵命。請問要確保多少糧食？」

「幸好現在是作物收成的時期，應該大多數聚落都有足夠撐過一段時間的糧食。不要收購到過度影響市價就好。菲德商會不需要因為這次的事情背負惡名。」

我目送摩根快步離開後，便回頭看往團長。

「我們要在動員封鎖格連捷的同時送糧食進去。請你編組補給隊，載運大量糧食給當地居民，避免他們陷入恐慌。目前有辦法先挪用軍隊的存糧嗎？」

團長在我的疑問之下面露難色。

「我不會違抗您的命令，可是今年有派兵征討盜賊，存糧或許不太夠……」

「珊樂莎大人，我們還是挪用南斯托拉格的存糧吧。剛好吾豔從男爵家垮台，讓南斯托拉格今年有多餘的存糧可用。收成量有達到標準的話，挪用一些糧食給其他城鎮並無大礙。」

這樣要是疾病在收成作業結束之前蔓延過來，會反過來變成南斯托拉格人民缺乏糧食……但現在應該還是要以保護格連捷人民不受飢荒之苦為優先。而且摩根會幫忙收購糧食，就期待他可以帶回捷報吧。

「那就先挪用南斯托拉格的存糧。疾病有蔓延到在南斯托拉格跟格連捷中間的費爾戈嗎？」

「我沒有收到費爾戈代理官員的聯絡……」

克蘭西很難得語氣聽起來有點含糊。

我想想……我是在昨天晚上得知不明傳染病的消息。

南斯托拉格應該會比我早一點知道這個消息……

「請你直接派遣部分警備隊隊員前往調查，不用等費爾戈的代理官員聯絡。費爾戈的人口數足以成為疾病會不會蔓延到南斯托拉格的關鍵。」

「了解。我跟費爾戈警備隊的人是老朋友，我會仔細調查看看。」

我對立刻答應要求的警備隊隊長點點頭，接著再次看向克蘭西。

「麻煩你聯絡周遭領地的領主。目前只需要通知他們格連捷出現傳染病的事實就好。」
「需要封鎖領界嗎？」
「現在應該還不需要。動作太大會擴大恐慌。至於傳令——」
「傳令工作理應由我們負責。請您下令。」
「那麼，傳遞消息的工作就交給領地軍負責了。請你找腳程比較快的人負責聯絡。克蘭西，麻煩你寫一下要轉交給各個領主的信函。」
「遵命。請稍等我一段時間。」
克蘭西說著就在轉眼間寫好了第一封信，並在遞交給我以後著手書寫第二封。
我在信函上簽名，同時為壓在自己身上的重擔輕嘆了一口氣。
為什麼在場最年輕的我要負責指揮這種麻煩事呢？
這大概就得從昨天晚上發生的事情開始說起了。

No. 017

鍊金術大全：記載於第十集
製作難度：非常困難
一般定價：300,000雷亞以上

〈時髦背包〉

Efifhiftnfifllffl Afi9

某位女性研究學家曾說：「拿著大量研究資料走在路上一點都不時髦！」同時身兼鍊金術師的她因此費盡苦心製作出了「時髦背包」。背包容量比外表看起來還要大好幾倍，可將重量減輕到僅剩原本的幾分之一。但即使是上級鍊金術師也頂多做出擁有十倍效力的成品，加上其價格昂貴，導致實用性不高。另外大多數人會稱這種背包為「容量擴大背包」，沒人會用正式名稱來稱呼它。

Episode 1

對策會議

我原本正在跟我的知心好友和伴侶一起享受充滿秋季美食的晚餐。

然而雷奧諾拉小姐突然告知的某個消息，卻打斷了我們歡樂的休閒時光。

「格連捷出現沒見過的傳染病？那的確是滿麻煩的。」

格連捷是羅赫哈特最大的——不對，它甚至是拉普洛西安王國東部最大的港都。那裡經常有來自王國西部的運輸貨物，也會有他國船隻來訪，是個往來頻繁的交易據點。

實際上，先前盜賊肆虐導致格連捷暫時陷入封鎖狀態，確實不只影響到羅赫哈特跟周遭地區，還有更多地方也受到了影響。

只是幾乎可以達到自給自足的約克村不會感受到港口封鎖帶來的困擾，所以我一直到要從王都回到約克村的路上順便經過格連捷，才知道港口實質上已經呈現封鎖狀態。

不過，這次的問題是傳染病。約克村不可能始終置身事外。

「看來約克村這裡也要小心注意。畢竟最近採集家變多了。雷奧諾拉小姐，謝謝妳特地通知我這件事。」

我們可能要先確認看看最近剛來村子的人身體有沒有異狀？

格連捷跟約克村距離很遠，很少人會特地大老遠跑來這裡，但有些採集家會遊走各個村子跟城鎮。

所以無法保證不會有帶著傳染病的人來約克村……應該拜託安德烈先生他們幾個資深採集家幫忙就可以了吧？

他們三個其實算是約克村採集家之間的領導人物。

要是有人身體明顯不舒服，他們應該也會知道。然而，雷奧諾拉小姐卻焦急地接著糾正我，就好比在斥責我剛才在心裡把事情想得太過簡單。

『我不是這個意思，珊樂莎！你們村子的確需要注意有沒有病患出入，但現在更需要的是整個領地的傳染病對策！』

「——？是沒錯。應該會先限制人流吧？而且還要找出發生傳染病的原因。我知道整個領地都要注意，可是這跟我有什麼關係嗎……？」

我知道需要擬定防止疾病擴散的對策。可是我不懂她為什麼要跟我說這件事。

如果是必須透過鍊金術製作需要的鍊藥或必須找更多人手幫忙，我當然願意幫……

但看來我並沒有答出雷奧諾拉小姐想要的答案。

她放慢語速，要我仔細想想她話中的意思。

『珊樂莎，妳仔細想想。現在羅赫哈特的最高負責人是誰？』

「我想想，現在是國王直轄領地，所以最高負責人表面上算是國王陛下——不過，實質上應該是擔任代理官員的克蘭西——」

『不對。妳記得現在羅赫哈特有全權代理人嗎？』

全權代理人——

「該不會……是珊樂莎吧？」

艾莉絲大聲喊道，隨後凱特跟蘿蕾雅她們也才跟著發出驚呼。

「啊！也對，珊樂莎現在還沒有卸任……」

菲力克殿下要我處理的盜賊問題已經解決了。

報告書也送過去了，道路修繕工程也已經完工。

我在南斯托拉格的時候一直塞工作給我的克蘭西也不至於特地跑來約克村找我，所以我需要做的就只剩下等待菲力克殿下的回應。

我本來還很悠哉地認為沒我的事了，可惜嚴格來說，我現在仍然是羅赫哈特的全權代理人。

「可是，菲力克殿下只要求我用全權代理人的身分處理盜賊問題……」

『他給妳的權限沒有特別限制妳只能做什麼事情。不然妳也不可能安排道路修繕工程吧？』

菲力克殿下給我全權代理人的權限，有一部分其實算是給我的酬勞。

也是因為這樣，我才能用羅赫哈特的資金來替沒有直接受到盜賊侵擾的約克村跟洛采家領地建造連通道路……沒想到竟然會在這種時候發現這份權限的壞處！

『只要全權代理人還在羅赫哈特的領地範圍內，克蘭西就沒辦法自行宣布執行重要決策。他必須經過妳的同意跟指揮才能做事。』

「可是……我沒有實際參與疾病防治的經驗啊！」

我在學校學過不少跟疾病有關的知識。

但也就只是「知識」，並沒有在真正出狀況的時候實踐的經驗。

『妳放心，其實大部分人都沒有這種經驗。而且妳才剛畢業，妳擁有的知識反而比其他從政多年的人還要新。』

「可……可是……要是我做出錯誤決策，很可能會害死很多人……」

我現在是洛采家領地的領主——雖然幾乎只有名義上是——本來就已經做好為領民性命負責的心理準備了，但我沒有料到自己有一天會左右人口多上好幾倍的羅赫哈特人民的命運。

這份事實沉重得讓我產生周遭空氣變得異常稀薄的錯覺。

『妳要是真的怕自己做不出正確決定，就問問看那個老伯——克蘭西的意見吧。他曾在前任領主在位的時候面對過傳染病問題，應該能幫上妳的忙。而且我也會幫妳，不會讓妳自己一個人扛起全部的責任。』

「那……那就……那就……我……我先問問看師父有沒有什麼建議——」

「珊樂莎，妳不是說奧菲莉亞大人現在不在王都嗎？」

「啊，對耶！」

我前幾天收到了一封用傳送陣傳過來的信。我想起信上寫著「我這陣子不會在店裡，別送會腐爛的東西過來」，再次陷入苦惱。

我平常遇到師父外出不會太放在心上，只會心想「那最近先不要分一些肉品給師父好了」或是「難得有採到一些當季美食，真可惜」。

不過，在這種危急時刻遇到師父外出，就是會帶來重大影響的大事了。

「她……她怎麼偏偏挑在這種時候外出啊——！」

抱怨師父外出時間很不湊巧也無濟於事。

應該說，我也沒道理抱怨。這讓我深刻體會到隨時可以尋求建議的師父，真的是我遇到問題時的心靈支柱。

『總之，妳趕快來南斯托拉格！愈晚開始採取應對措施，就愈——』

雷奧諾拉小姐再三強調事情的急迫性，然而她還沒說完，共音箱就不再發出聲音。

「突……突然沒聲音了……是故障了嗎？」

「不，我猜應該是魔力耗光了。因為共音箱要消耗很多魔力。」

蜜絲緹回應蘿蕾雅的提問。我也同意她的猜測。

「畢竟我們聊得滿久的。應該是到極限了。」

雖然我們總是把共音箱當成很方便的聯絡手段，但它仍然是一種一般只能跟距離不遠的人對話，魔力消耗量卻非常大的鍊器。仔細想想，雷奧諾拉小姐最後幾句話聽起來好像有點吃力，說不定有勉強自己多消耗一點魔力來爭取時間。

「那，珊樂莎，妳真的要去南斯托拉格嗎？」

提出這道疑問的艾莉絲眼裡透露出擔心。

我再接著看向凱特、蘿蕾雅跟蜜絲緹，發現她們也用跟艾莉絲一樣充滿擔憂的神情看著我。

「…………」

我默默閉上眼睛一段時間，捫心自問。

菲力克殿下只是暫時任命我擔任全權代理人，而且他應該不會要求我負責應對傳染病這種不好處理的難題，然而，我現在正處於應該負責指揮的立場。

我可以因為不想為他人的性命負責，就逃避落在自己身上的責任嗎？

不對，就算先不提責任的問題好了，我去一趟南斯托拉格會對整件事情有所幫助嗎？

難道不能用共音箱，委任克蘭西全權代理嗎？

——感覺再問下去，會讓我愈來愈退縮。

我睜開眼睛，看向在場靜靜看著我的每一個人。

對，我不需要一切都只靠自己來決定。

我在學校學過的知識應該能派上一點用場，而且只要先問過克蘭西或雷奧諾拉小姐的意見，就至少不會讓最後做出的決定比我不在決策現場的情況更糟。

——再說，要是我逃避這份責任，又有什麼資格自稱師父的徒弟？

一想到這裡，我才終於下定了決心。

「我要去。今晚出發的話，應該明天早上就到了。」

蘿蕾雅一聽到我這麼說，就立刻起身前往廚房。

「好。那我去做些宵夜給妳。妳要跑一整晚，應該會很餓。」

「謝謝妳，蘿蕾雅。」

「我去叫爸爸他們到南斯托拉格支援。妳應該也比較希望盡可能多點人手幫忙吧？」

「艾莉絲，厄德巴特大人那邊就由我去一趟，妳跟珊樂莎一起去南斯托拉格吧。伴侶就是要在這種危急時刻當對方的心靈依靠，不是嗎？」

「唔，妳說的有道理……可是，我沒有能力跟上珊樂莎的腳步……」

艾莉絲困惑地交互看著我跟凱特，但凱特無情地搖了搖頭，說：

「妳就想辦法努力跟上她吧。而且妳的體能強化魔法已經很厲害了。」

跟我學魔法的艾莉絲、凱特跟蘿蕾雅三個人之中，只有艾莉絲無法學會把魔力釋放到體外的魔法。不過，她其實擁有運用魔力強化體能的才能，現在也已經練到非常熟練了。

只是她的技巧還是敵不過魔力量特別多，還很擅長操控魔力的我……

「珊樂莎，我可以跟妳一起去嗎？我很可能會拖慢妳的腳步，也沒有治療疾病的專業知識。我頂多當妳精神上的依靠……」

「別這麼說，精神上的依靠也很重要。妳願意跟我一起去嗎？」

我說著對艾莉絲露出微笑，讓她原本還帶有些許不安的神情瞬間開朗了起來。

「好！沒問題。我一定會盡全力跑！」

「我們不需要太急，反正半夜抵達南斯托拉格也沒辦法跟他們討論對策，而且兩個人一起去也可以輪流在途中停下來小睡一下。我們用不會太勉強自己的步調趕路就好。」

「啊，那我來寫一封信給哥哥。如果他人還在羅赫哈特，學姊就直接把我的信拿給他，叫他派人手幫忙吧。」

接著舉手表明想提供協助的是蜜絲緹。

疫情期間說不定會非常需要運輸人手，能多點人幫忙運輸當然是好事，可是……

「哈德森商會幫這個忙可能也賺不了多少錢，沒關係嗎？」

「沒關係。只是格連捷港口不開放的話，可能就沒辦法幫上太多忙了。因為小船的載貨量還是很有限。」

哈德森商會的船是相當大型的船。

那樣的船需要足夠規模的港口才能靠港，而目前只有格連捷達到這個條件。

其實附近的巴喀爾爵士領地——也就是我們去收集阿斯特洛亞的那一帶也有港口，但那座港口是漁港，沒有大到可以容納大型船。

所以不知道能否活用哈德森商會這個助力，大概要看他們有沒有辦法在這種限制下載貨。

「之後我再想想看要怎麼請他們幫忙。謝謝妳。」

「不會不會。畢竟我前陣子給學姊添了那麼多麻煩。還是我一起去會比較好？」

「蜜絲緹繼續待在約克村吧。現在還沒決定要怎麼應對這次的問題，而且說不定會需要採集藥草來做治病用的鍊藥。到時候沒有鍊金術師待在這間店裡就沒人會做鍊藥了。」

「好。學姊如果需要用到什麼東西，可以馬上聯絡我。我會請採集家幫忙收集。」

我點頭回應挺著胸膛回答我的蜜絲緹。

「還有……」

我小聲說道，開始思考還得交代什麼事情。

「啊，對了。蘿蕾雅，妳明天記得提醒村民跟採集家現在有傳染病，要小心注意。」

「我知道了。呃……我應該提醒大家注意什麼？」

正在煮飯的蘿蕾雅似乎也有仔細聽我們說話，立刻回過頭來答應我的要求，卻也皺起眉頭表達困惑。

「我想想，妳跟大家說太過疲勞和不保持身體清潔會比較容易生病，所以身體不舒服的時候最好乖乖休息，不要勉強自己，也要記得比平常更仔細洗手跟清潔身體。目前需要注意的大概就這樣吧。」

「那，我可以建議大家更積極去公共澡堂洗澡嗎？」

「嗯。就這麼辦吧。而且泡澡暖暖身體也有益健康……」

公共澡堂才剛完工沒多久。

雖然沒料到會突然發生傳染病，但我們說不定該慶幸是在這時候蓋好公共澡堂。

「可是，珊樂莎學姊，疾病不會藉著浴池傳染給其他人嗎？」

「當然還是要請身體不舒服的人不要進去澡堂，而且硬拖著身體去泡澡只會造成反效果。這部分就要請公共澡堂的管理員協助了……之後我也會持續提供可以對抗疾病的泡澡劑一陣子。」

要大家去公共澡堂洗澡的好處有非常大的機率會多過壞處。

如果再加上鍊製的泡澡劑，對預防疾病的幫助又更大了。

其實免除入場費最能刺激大家積極洗澡，但是要再從免費改回需要收費很可能會引來不滿，再加上公共澡堂本來就是屬於村子的所有物。應該還是不要過度干涉經營方針會比較好？

「加進妳說的泡澡劑就不會生病了嗎？原來有這麼方便的東西？」

「其實主要的目的是避免疾病蔓延，不過也的確有一點預防效果。只是疾病的種類很多，沒辦法預防所有疾病。」

「那應該也是一種鍊藥吧？不會很貴嗎？如果只是要在店裡的浴室用就算了，公共澡堂那麼大，用量應該也很可觀……」

「對啊，而且也不知道疾病的威脅會持續到什麼時候……」

「花費……是不會很多。」

我搖頭否認艾莉絲跟凱特的擔憂，然而——

「真的不會花太多錢嗎？蜜絲緹。」

「咦？艾莉絲，妳為什麼是問蜜絲緹？」

「因為珊樂莎感覺就會勉強自己負擔花費啊。真的不會太貴嗎？」

蜜絲緹在艾莉絲跟凱特的注視之下，苦笑著說：

「原料是真的不貴，只是鍊製難度偏高，才會讓售價跟著變比較貴。但頂多是庶民沒辦法天天用泡澡劑的程度而已——不過庶民家裡基本上不會有浴室。」

「這樣……真的不會負擔不起嗎？需要的話，我可以拜託其他村民幫忙籌錢。我們全村人都知道疾病有多可怕，應該不會有人反對。」

「蘿蕾雅，妳不用擔心，我也會做泡澡劑。我們就先問問看村子裡的採集家願不願意幫忙採集材料吧。反正他們也享受得到做出來的泡澡劑預防疾病的效果，應該短時間內會願意幫忙採集。畢竟原料是很好找到的便宜貨。」

「安德烈先生他們搞不好願意幫忙……嗯，我會問問看。」

蘿蕾雅跟蜜絲緹真的很可靠。這下子我就能放心留她們在這裡顧店了。

可是這樣她們好像不需要依賴我這個前輩，也是有點小寂寞……

「店裡的材料夠做一個月的量，再加上這個主意是我提的，我會先做好再出發。所以妳們兩個也不需要太擔心。」

「珊樂莎學姊，妳等等還要跑一整晚，這樣不會太累嗎？我來做就好——」

「不會、不會！反正我一下子就可以全部做好了！」

我同時也是蜜絲緹的師父，不在徒弟面前表現一下，會顯得很沒有威嚴。我搶在蜜絲緹說完之前攬下這份工作，並再次看了看在場的每一個人。

「我鍊製好泡澡劑就去做行前準備，之後會馬上出發。艾莉絲，妳也要在我把事情處理完之前做好準備。其他必要的工作就再麻煩妳們幫忙了。」

「「好的！」」「嗯！」「沒問題！」

我對同時出聲回應我的她們點了點頭，從椅子上站起身。

◇　◇　◇

我跟艾莉絲離開約克村的時間是在午夜過後。
我們身上帶著換洗衣物、武器，還有充滿蘿蕾雅關愛的宵夜跟早餐。
我用魔法製造出光源，強化體能後在道路上全速奔馳。
前陣子處理盜賊問題的時候，我利用權限安排了約克村到南斯托拉格之間的道路修繕工程。這條路是緩降坡，我跑起來是不會太累……
「艾莉絲，這樣會跑太快嗎？妳覺得累要說喔。」
「不……不會太快！要再跑快一點也沒關係！」
「真的不會太快嗎？我們到了南斯托拉格以後會更耗體力，不能現在就把體力耗光，所以還是維持這個速度吧。」
艾莉絲的呼吸有一點點凌亂，但也不像是在逞強。
這樣應該就算在途中輪流睡一小時，也可以在早上抵達南斯托拉格吧？
如果是剛來約克村不久時的艾莉絲，一定沒辦法長時間維持我們現在趕路的速度。這也表示她真的進步了很多。
我有點高興自己是促進她這份進步的部分原因，忍不住笑了出來。
「……？珊樂莎，怎麼了嗎？」

「沒有，沒什麼。我們在半路上會休息吃個宵夜跟補眠，艾莉絲，妳先努力撐到那時吧。」

「了解！」

雖然目前面臨的危機實在讓人開心不起來，但我還是踩著有些輕盈的腳步，繼續朝著南斯托拉格急速前進。

我們在早上抵達了目的地——甚至還不到日出的時間。

南斯托拉格的大門當然也還沒敞開，只是守衛似乎認得出我是誰，很快就打開了大門。

「謝謝你。」

「不客氣！上面有通知我們您要過來。也有託我們請您立刻前往領主宅邸。」

「我知道了。」

我簡短回應語氣恭敬，並依命轉達要事的士兵。接著走過這道大門，進入這座半數以上的居民仍在夢鄉裡的城市。

不過，似乎也已經有部分商家在做開店前的準備了，路上可以看到一些行人。

其實應該沒有人認得出我是誰，可是我們直接在路上朝著領主宅邸狂奔，說不定會害別人誤以為發生了什麼衝突，衍生出不好的傳聞。

現在這種情況最好還是不要增加其他可能造成混亂的因素。

所以我只能忍住內心的焦急，快步走在南斯托拉格的大道上。
來到領主宅邸以後，我跟艾莉絲一邊舉手回應在門口對我們敬禮的守衛，一邊走進屋內。
在宅邸裡不需要顧慮他人眼光，於是我們也立刻改用跑的趕往辦公室。
而我完全沒想到明明才一大清早，辦公室裡的人口密度卻比我預料中的還要高。我一瞬間就成了在場所有人的矚目焦點。
眾人稍嫌銳利的視線讓我忍不住感到畏縮，不過我還是咬緊牙根，繼續往前走。
「珊樂莎！妳這麼快就到了啊！」
最先開口向我搭話的是雷奧諾拉小姐。
雖然她沒有直接參與羅赫哈特的行政事務，但她是負責聯絡我的人，再加上她是有能力提供意見的鍊金術師，會被找來參加會議也情有可原。
我還看到瑪里絲小姐也待在雷奧諾拉小姐身後……是帶她來當助手嗎？
「珊樂莎大人，不好意思，臨時要您過來這裡一趟。」
當然，代理官員克蘭西也一定在場。
其他在場的還有羅赫哈特領地軍的領導階層——也就是團長，以及他的兩位副官。
跟領地軍不同單位的警備隊也派了隊長跟兩名副官來參加會議。
除了屬於羅赫哈特執政方的這七個人以外，還有另外兩個讓我有點意外的面孔。

其中一個人是菲德商會的摩根。

不曉得是不是克蘭西還是誰因為我跟他認識，才會找摩根過來。

其實我本來就打算請商會協助物流，再加上他們不只有在南斯托拉格設立據點，還同時是我比較敢提出大膽要求的一群人。

而最後這一個人也是最讓我感到意外的人。

因為哈德森商會竟然也有派代表來參加會議，而且是蜜絲緹的哥哥——雷尼親自到場。

這……我不太懂他為什麼也會在這裡，晚點再問問看詳情。

「你們討論得怎麼樣了？」

「珊樂莎大人，這裡是我們目前討論出來的對策大綱。」

真不愧是當過管家的克蘭西。他一聽到我這句簡短的提問，就立刻遞出一張紙。

我迅速看過內容，隨後閉上雙眼，整理思緒。

不久，我睜開眼睛，並同時說：

「我們必須封鎖格連捷。請命令港口的船隻——」

◇　◇　◇

我不斷下達必要的指示，把簽好名的委任狀交給需要的單位。

我在盡快處理完要事以後才終於能夠喘一口氣，回頭看向待在我身後的艾莉絲。

「對不起，艾莉絲，我一直沒空跟妳說話。妳應該很累了吧？先去休息一下——」

「要說累的話，妳應該也很累吧？畢竟我們兩個都跑了一整晚。」

艾莉絲搶在我說完前說出這番話，而一旁聽到我們對話的克蘭西忽然很驚訝地看著我們說：

「是我疏忽了！珊樂莎大人，我馬上替兩位準備可以休息的房間——」

「沒關係，我們再討論一下。等告一段落再休息也不遲。」

「那麼，請您先坐著休息吧。請坐。」

克蘭西說著便要我坐到最主要的那張辦公桌前的椅子上。

我有一瞬間很猶豫該不該坐那張椅子，只是我可以輕易想像到其他人會更不好意思坐上去，便決定乖乖接受他的好意。

「艾莉絲，妳也過來休息吧。沙發還有地方可以坐。」

「抱歉，讓妳費心了。老實說，我的確是有點累了。」

艾莉絲坐上雷奧諾拉小姐跟瑪里絲小姐坐的沙發，深深嘆了口氣。坐在隔壁的瑪里絲小姐用很敬佩的眼光看著她。

「艾莉絲小姐，妳太厲害了。妳是跟珊樂莎小姐一起用跑的趕過來的吧？換作是我，我一定但珊樂莎一樣厲害，但沒辦法跑這麼久！」

「瑪里絲，我反倒覺得是妳應該要再多鍛鍊一下。我不會要求妳練到跟珊樂莎一樣厲害，但體能強化魔法也是很重要的。」

瑪里絲小姐即使聽到雷奧諾拉小姐這麼說，也還是得意洋洋地抬起下巴，挺著胸膛說：

「我一直以來都秉持著苦力活就應該交給專家來處理的主義！」

「真受不了妳……」

瑪里絲小姐這份決心讓雷奧諾拉小姐嘆出一口氣，聽起來是放棄了勸她的念頭。

其實瑪里絲小姐也已經比一般人厲害很多了。

不曉得雷奧諾拉小姐是知道這一點才沒有逼她一定要鍛鍊，還是真的懶得再浪費唇舌。不過，她們師徒倆的感情似乎並不差。

看她們相處得這麼愉快，我也忍不住輕笑出聲。這時，有一杯溫熱的茶遞到我眼前。

「珊樂莎大人，請用。我泡了幾杯茶過來，您也稍做休息吧。」

我一抬起頭，就看見面露和藹微笑的克蘭西。我一邊道謝，一邊接過他泡的茶。隨後，他把茶也遞給其他人。

克蘭西端茶的俐落動作讓我不禁懷疑如果不考慮我目前身分特殊，這位實質上的羅赫哈特最高負責人是不是應該這樣親自服侍賓客。看來他還沒有聘請傭人。

這麼說來，我之前在這裡處理工作的時候，也是克蘭西負責泡茶給大家喝。我喝著手裡的茶，環望起人數變得沒有剛才那麼多的室內。

現在辦公室裡只剩下克蘭西、雷奧諾拉小姐、瑪里絲小姐、領地軍的團長、警備隊隊長、隊長的其中一名副官、雷尼。

雖然比剛才少了四個人，但如果加上最後進來的我跟艾莉絲，單看人數是只少了兩個人。

順帶一提，留下來的副官是女性，所以室內的男女比例是四比五。

少了三個肌肉男在場是讓室內的粗獷氛圍淡了一點，然而剩下的兩個肌肉男一個是統率整支軍隊，一個是統率整支警備隊的人物，身材非常魁梧。

就連克蘭西這樣已經一把年紀的老爺爺也是體格健壯得不會感覺到他的蒼老，再加上還有個意外強壯的雷尼——

「……話說，雷尼為什麼也會來這裡？」

或許是因為我一進到辦公室就忙著下達命令，雷尼從頭到尾都沒說過半句話。

一直到現在，他才終於像是鬆了口氣般，開口說：

「太好了。原來您有注意到我。」

「那當然。我一進來辦公室就注意到你也在了。只是我要優先處理其他事情——啊，對了。蜜絲緹託我轉交這封信。她說如果有遇到你，再把這封信拿給你。」

「蜜絲緹的信？恕我馬上拆開來看！」

雷尼神色雀躍地接過信，立刻拆開來確認內文。

我把目光從他身上轉向克蘭西。克蘭西點了點頭，開始解釋為什麼雷尼會在場。

「其實最先通知我們格連捷出現傳染病的就是他。」

「是嗎？可信度——也對，你不可能沒有確認是不是假消息。」

「那當然。我當下就派人去調查了，而且兩天後——也就是昨天晚上，格連捷的代理官員也有跟我聯絡。對方並沒有把情況解釋得很清楚，我是同時參考代理官員跟雷尼先生提供的消息來判斷格連捷是真的發生疫情，才會決定通知珊樂莎大人。」

「原來如此。看來你已經是用最快速度在處理了。」

畢竟不能光聽雷尼一個人提供的情報就採取行動，他在昨天判斷應該立即採取行動，反而算決定得很快。

而他判斷格連捷發生疫情的消息為真，也帶有非常大的風險。

因為會需要耗費動員軍隊的成本、收購糧食的成本，也要耗費我過來一趟的時間成本。

假如格連捷實際上並沒有傳出有威脅性的疫情——

最先決定下令採取行動的克蘭西就很可能遭到究責。所以我很佩服他沒有基於保險起見，而延後判斷格連捷是否傳出疫情。

「我也支持你的判斷。就算其實只是虛驚一場，也總比沒有及時應對來得好。」
「謝謝您願意支持我的做法，珊樂莎大人。」
克蘭西一聽到我這麼說，就一手摸著自己的胸口，低下頭對我敬禮。但他接著看向雷尼的雙眼卻透露出些許困擾。
「順帶一提，我是因為雷尼先生希望可以為您盡一份心力，才會邀請他過來……」
「啊，對，不好意思！」
雷尼大概是感覺到克蘭西的視線，才忽然抬起頭。
剛才一直笑著看信的雷尼先是把信紙摺得很整齊，小心翼翼地收進懷裡，才轉身面向我們。
「感謝珊樂莎大人前陣子捨身拯救舍妹。我來這裡是希望如果有什麼我幫得上忙的事情，還請讓我報答您的大恩大德。而且蜜絲緹也在信上要我提供協助，您有什麼吩咐還請儘管說！」
啊，呃……他還真積極。
我之前救了被綁架的蜜絲緹，還等同是幫助幾乎已經斷絕往來的兄妹倆重修舊好，再加上我也不怎麼追究他的祕書攻擊我這件事。
我是能夠理解他會把我當成恩人。
但就算真是那樣，眼神好像也有點太恐怖了……？
「請問……蜜絲緹在信上說了什麼？」

「她說我願意協助珊樂莎大人的話，就不會再計較過去的恩怨！」
原來如此，難怪他這麼積極。
畢竟雷尼感覺就有點太寵溺妹妹的傾向。
其實我覺得他們看起來已經和好了，不知道是不是想求個明確的形式而已？
「如果需要幫忙，應該會請哈德森商會協助海運……你們的船停泊在格連捷港口吧？」
「對。而且自從知道格連捷出現傳染病，我就命令船員要盡可能避免離開船上。」
「可是……真的每個船員都會遵守這個命令嗎？」
艾莉絲聽起來有點懷疑，但雷尼非常有自信地出言保證：
「我會讓他們不敢不遵守。把傳染病帶進船上可是攸關整船人的生死。有人敢害夥伴面臨生命危險，下次出航就等著被丟下海餵鯊魚了。」
哇喔，真不愧是海上男兒，紀律比一般軍隊還要嚴格。
「話說，雷尼你怎麼有辦法確定格連捷出現了傳染病？」
明明連格連捷的代理官員都沒辦法提供明確的消息，雷尼採取的行動卻像是十分篤定當地存在疫情。雷尼苦笑著回答我的疑問。
「是多虧了船長，畢竟他總是在各個港口之間遊走，見過不少世面。他還說過要是直覺不夠敏銳，可就沒辦法活下來了——我自己的直覺倒還需要再多多磨練。」

「我認為在上位的人能聽進下屬的建議是好事。」

「不，實際上沒有您說的這麼好聽。因為我雖然是可能的繼承人之一，地位還是比船長他們低。哈哈哈……」

雷尼發出有點尷尬的笑聲之後，很快又一本正經地接著說：

「不過，決定立刻趕來南斯托拉格通報，就是基於我自己的判斷了。」

「真的非常感謝雷尼先生的當機立斷。要不是你特地前來告知，我們很可能會晚了好幾步才能開始行動。」

「謝謝誇獎——那麼，請問我們商會可以提供什麼協助呢？」

我在回答雷尼的提問之前先詢問克蘭西。

「羅赫哈特有什麼一定要從格連捷港口進貨的生活必需品嗎？」

「必須從格連捷港口進的貨都不至於影響百姓的性命。只是封鎖港口會導致必須經過格連捷的所有經濟活動停擺，長期下來必定會對整個羅赫哈特造成嚴重影響。」

格連捷的港口一直到前陣子才真正恢復正常運作。

好不容易終於連哈德森商會以外的船都能入港，讓港口重回以往的繁榮景象……

「所以不是完全不能封鎖港口，但要盡量避免長期封鎖……封鎖期間是長是短，就要看能不能成功壓住疫情了。我想麻煩哈德森商會幫忙從較遠的領地進口糧食，才不會在萬一需要長期封鎖的情況下太快造成飢荒。」

因為收購附近領地的糧食可以交給菲德商會就好。

不過，假如疫情擴散到附近領地，導致很難在附近一帶收購糧食，能夠開船到遠處貿易的哈德森商會就比較有優勢了。

「當然，我們還是得盡可能避免情況惡化到只能仰賴海運，只是最好還是現在就開始為最壞的打算做準備。不過，我記得好像沒有別的港口……有空間讓哈德森商會的船靠岸吧？」

「對，我們也很困擾這個問題。我們其實很想立刻離開格連捷，偏偏附近沒有其他能夠靠岸的港口……雖然我們也不是不能暫時停在海上，可是還是得找到一個可以卸貨的地方，否則只是治標不治本。」

他們如果以做生意為優先，其實可以到比較遠的港口避難，不需要留在這附近。不知道他們是不想對我忘恩負義，還是因為蜜絲緹在羅赫哈特，才沒有選擇離開。

但選擇幫助羅赫哈特防疫，也可能對日後在這附近經商有好處。我不認為他們沒考慮到這一點。

「珊樂莎，如果把範圍擴大到鄰近領地，應該還有北邊巴喀爾爵士領地的貝贊，跟南邊貝克爵士領地的巴爾喀奴漁港吧？有沒有辦法讓他們的船停在那附近？」

「艾莉絲，妳前陣子有一起去貝贊，應該也有看到他們的漁港吧？我那時候也有稍微觀察一下……在場有誰知道巴爾喀奴是什麼樣的地方嗎？」

「那裡是一座蓋在河口的小漁村。」

回答我這道提問的是雷奧諾拉小姐。她聳了聳肩，接著說：

「鄰近的海岸是淺灘，漁民也都是用小型漁船。他們大多是透過在附近捕魚，或是在濕地採集貝類或蝦子維生。大型船隻基本上不會去那附近。」

「這樣啊……貝贊港也是小型漁港，但他們是沿著天然海灣建造的港口，如果能把船開進海灣裡面，說不定……」

只要能停泊在海灣內，就算沒辦法靠岸，還是有機會讓大型商船在小港口進行貿易活動。海灣內的波浪比較小，可以透過小船來卸貨，尤其停泊在外海比較容易受到天候影響，待在海灣內會安全許多。

不過，前提是那座海灣的深度要能夠讓大型船隻開進去。

我用視線詢問克蘭西可不可行，然而他似乎也不至於對其他領地的海岸地形瞭若指掌，只是無奈地搖了搖頭。我再接著看往雷奧諾拉小姐，她也是一樣的反應。

畢竟貝贊只是一座小漁村。這其實就像其他領地的人不可能會知道洛采村的實情一樣，要是我不認識艾莉絲她們，大概到現在都還認為洛采村只是一個在地圖上看過的名字。

「那可能就要去問問巴喀爾爵士了……不對，還是應該去當地調查看看？」

可是，我們現在有必要優先派人去調查嗎？
尤其現在不只是警備隊，連領地軍都很缺人。
在這種嚴重缺乏人手的情況下，真的應該優先處理這件事嗎……？
「珊樂莎大人，我可以說幾句話嗎？」
我正陷入煩惱的時候，忽然聽見警備隊隊長語氣委婉地要求發言。
「隊長……？請說。」
「我的副官就是來自貝贊，您不妨問問她詳情吧。」
隊長說著看向站在他身旁的女性副官。
明明隊長可以先跟她說一聲再提議要我問她，然而副官看起來卻完全不知道隊長會提到自己。突然成為焦點的副官驚訝得雙眼圓睜，渾身僵硬。我盡可能用溫和的語氣對她說：
「這樣啊。那個……我記得妳叫瑪莉蓮吧？」
「啊，是！能被珊樂莎大人記住自己的名字，實在讓我備感光榮！」
連回應的模樣都看得出來這位副官——瑪莉蓮小姐十分緊張。
我本來還有點困惑她為什麼會緊張成這樣，但仔細想想，現在有三個貴族待在這間辦公室裡。尤其瑪里絲小姐雖然只是來當助手的，卻也是伯爵家的千金。
再加上羅赫哈特實質上的最高負責人跟名義上的最高負責人也都在這裡。

……嗯，也難怪她會這麼緊張。

「瑪莉蓮小姐以前曾住在貝贊村，是嗎？」

「是的！我是在貝贊村沒有工作可做，才會來南斯托拉格找工作！我從小幫忙捕魚，體力比一般人好，所以才會加入警備隊！」

她的語氣非常強而有力。其實她可以用平常的語氣跟我說話就好……只是說了搞不好會害她更緊張，還是別說出口吧。

畢竟我也能夠理解跟貴族說話會緊張——不對，應該說，我能理解一般情況是如此。我自己是因為常常跟師父對話，其實對「跟貴族說話會緊張」這件事沒什麼感覺。

「那麼，妳也很熟悉貝贊漁港的環境嗎？海灣的水夠深嗎？」

「貝贊的港口是小型漁港，沒辦法讓大型船隻靠岸，但是海灣很寬，水也很深，如果只是要把船開進去，應該沒有問題！而且以前好像本來打算蓋一座大型漁港，是沒有足夠的資金，才只蓋了一座小港口！上面的人曾說：『水太深了，棧橋很不好蓋，又沒多少錢可以用。反正蓋了也不會有大船特地開過來！』」

「……呃，妳說的『上面的人』是誰？」

「是巴喀爾爵士！」

原來突然冒出來的那段抱怨是爵士本人說過的話！

——也對，畢竟他的領地比洛采家還要更小，會比洛采家更親近領民也不奇怪。

「瑪莉蓮，謝謝妳提供情報。雷尼，我認為做個浮棧橋應該就沒問題了，你覺得呢？」

「既然是大型船隻可以開進去的海港，應該就不會有問題。至少我們商會的人有辦法在浮棧橋上正常裝卸貨。」

「這樣啊，那我知道了。我會請巴喀爾爵士允許你們使用貝贊港。跟他說萬一疫情蔓延到他的領地時保證會提供支援，他應該也不會拒絕……還是我親自過去跟他談談？」

第一次跟他見面跟之前去採阿斯特洛亞的時候，他對我的態度都滿不錯的，相信我們之間的關係應該不算差。就在我覺得這種重要的事情要親自過去談才不會失禮時，克蘭西卻連忙搖搖頭，說：

「沒……沒關係，巴喀爾爵士那裡就交給我去談吧。（——他都說跟珊樂莎大人說話會胃痛了。）」

「咦？你剛剛說什麼？」

「沒有。我跟他是知心好友，他應該願意幫忙。至於浮棧橋……」

「就由我們負擔製作成本好了。現在有辦法派遣技術人員跟工人過去蓋浮棧橋嗎？」

「都交給我來安排吧。您不需要擔心。」

既然克蘭西都這麼說了，那我也沒必要再多說什麼。我其實很想順便試試看運用鍊金術來打造新棧橋，但現在事態緊急，不能把時間浪費在滿足我的興趣上。

反正只是臨時棧橋，大概單純放一排圓木再鋪一層木板都可以讓哈德森商會裝卸貨。

我點點頭，接著看向雷尼。

「雷尼，我特例允許你們的船出港。請你們先把停靠在格連捷的船開到海上，讓船員處在隔離狀態，一段時間過後都沒有人發病再出航。如果有人發病，請立刻聯絡我們前往治療。只是可能就要取消一些計畫……」

「您大可放心。到時候我們會請其他船來代替我們執行原定計畫。」

「我其實不太好意思讓你們商會承擔再派一艘船過來的成本……」

現在停靠在格連捷的那艘船要是無法出航，也只要當作跟其他商會的船一樣被限制出港就好，不會有額外虧損。可是再多派一艘沒有受到疫情影響的船過來，就會導致哈德森商會得負擔不小的損失。

「沒關係，如果把這份虧損當作是保住我跟蜜絲緹兩個人性命的代價，我父親一定不會有怨言。珊樂莎大人對我們的救命之恩值得我們付出這樣的犧牲。不過，我當然還是希望能夠順利避免再多派人手過來。畢竟我也不忍心讓更多商會成員面臨傳染病的風險。」

「的確。而且也還不知道是什麼樣的傳染病……是吧？雷奧諾拉小姐。」

「嗯。目前還不知道這種疾病的名稱跟出現的原因。頂多聽說會有發燒、腹瀉跟身體局部僵硬的症狀，還沒有查出是哪一種疾病——對吧？瑪里絲。」

「對。其實已知的疾病當中也有類似症狀的，但還沒辦法肯定是同一種疾病。」

雷奧諾拉小姐不知道為什麼在回答我的提問過後，又接著詢問瑪里絲小姐。

而艾莉絲似乎也跟我一樣對這個情況感到不可思議，先是輪流看了看她們兩個，才開口問：

「那個……這次是瑪里絲負責調查嗎？怎麼不是雷奧諾拉閣下在調查？」

「其實這孩子很熟悉各種疾病。應該說……瑪里絲，可以告訴她們嗎？」

「要說就說吧！反正也沒什麼好難為情的！」

真不愧是瑪里絲小姐。她一如往常地抬頭挺胸說道，雷奧諾拉小姐也一如往常地嘆了口氣。

「我反而認為妳應該要覺得難為情……算了，無所謂。她其實是想研究疾病——想要製作治療疾病的藥，才會想當鍊金術師。會欠一屁股債也是因為她花太多時間跟錢在做研究，最後還買了自己應付不來的鍊金材料，又沒得出成果……才會變成現在這樣。」

昂貴的鍊金材料太多也不好鍊製。

要是沒有足夠的備用資金還買下這種材料，很可能一次鍊製失敗就會招致財務崩盤，非常危險。

如果想鍊製的東西不是做好之後直接放在店裡賣的商品，又會更危險。

不只鍊製失敗一定會虧損，就算鍊製成功了，也不會輕易轉換成利益。

聽完雷奧諾拉小姐解釋的艾莉絲眼神游移，明顯不知道該做何反應。她認識我的時間已經不算短了，也比以前更熟悉鍊金術跟鍊金術店的經營方式，自然會覺得瑪里絲的做法很荒謬。

「啊〜……原……原來瑪里絲的志向這麼遠大啊……」

「是啊，妳說的對，她就只有志向很遠大！可是像她這樣的鍊金術師其實多不勝數。絕大多數鍊金術師都懷著志願，只想著賺錢的反而是少數派。雖然不一定每個鍊金術師的志願都能帶給世人助益……但像她這種懷著遠大志向的人反而容易失敗。因為這種人很容易努力過頭，又只是空有幹勁。」

「哪有！我才不是空有幹勁！」

「少騙人了。妳就是空有幹勁，才會沒有得出像樣的成果啊——喔，單論成果的話，妳倒是有把努力全化成欠債，害自己的鍊金術店倒店的成果嘛！」

「唔唔唔唔……可是，我的研究絕對不是白忙一場……」

語氣非常斷定的反駁讓瑪里絲小姐不甘心得咬牙切齒。雷奧諾拉小姐聳了聳肩，接著說：

「我不會說妳是白忙一場，而且也說不定哪一天就得出了很可觀的成果。不過，前提是妳必須持續研究下去，不然終究還是白費力氣。妳要讓『可以賺錢的鍊製工作』跟『興趣』——不對，應該說『要長期努力才能得出成果的事情』能夠保持在平衡狀態。」

「哦〜我本來一直覺得珊樂莎常常花時間在做些用不到的鍊器，卻又沒壓垮店裡的財務很神奇。看來妳會做那些鍊器也是有經過審慎考量的啊。」
「咦？原來艾莉絲妳一直認為我老是在做些用不到的東西嗎？」
太震撼了。
我瞬間開始懷疑我們是不是彼此都不夠了解自己的伴侶。
「呃，可是妳倉庫裡不是堆了很多不像是要拿來賣的鍊器嗎？頂多偶爾借給我們用而已。」
「我先說，我幾乎不會純粹基於興趣才決定做一種鍊器。妳應該也知道我們要做過《鍊金術大全》裡的鍊器跟鍊藥，才能提升鍊金術師的等級吧？」
「那同時也是剛畢業的鍊金術師比較辛苦的地方。在其他鍊金術師底下當學徒還有機會遇到客人訂製自己沒做過的鍊器或鍊藥，不需要自行負擔所有成本；自己開店就得想辦法用剩餘收益來提升鍊金術師等級了。」
不愧是同樣身為鍊金術師的雷奧諾拉小姐，講得太中肯了。聽得我不禁好幾次大力點頭。
「對啊。像我也是在學時期在師父那裡做了一些升級必要的鍊器……而且《鍊金術大全》愈後面的集數需要用到的材料也愈貴，財務管理的難度也會跟著變高。」
「而沒有管理好店裡財務狀況的話，就會變成瑪里絲這樣。」
「說會變成我這樣也太過分了吧。而且我是把錢都用在研究上，不像珊樂莎小姐還會去趕《鍊金術大全》的進度……」

「一個鍊金術師完全不打算提升自己的等級根本是本末倒置了吧？可是瑪里絲本質上不壞，也有一定程度的實力，所以我才會收她當學徒——總之，珊樂莎，我會派瑪里絲去格連捷研究這次傳出的傳染病。」

「……咦？」

話題轉得太快，讓我一瞬間反應不過來。

——不對，也不算轉得太快。

因為剛才就是在談瑪里絲小姐以前很努力研究疾病——

「讓瑪里絲小姐去格連捷沒關係嗎？現在那裡很危險……」

「哎呀，珊樂莎小姐，妳以為我會怕就近接觸疾病嗎？別太小看我了！我可沒有天真到明明想研究疾病，卻還怕暴露在傳染病的危險當中！」

瑪里絲小姐語氣非常堅定，並自豪地挺起胸膛，整個人都快往後仰了。

其實論這件事她是真的有資格感到自豪。因為鍊金術師雖然比一般人更熟悉跟疾病有關的知識，卻也沒有多少人願意像她這樣親自到疫情現場賭命。

「好，既然都這麼說了，那的確是瑪里絲小姐比我更適合去當地研究這次傳出的疾病。」

「就算今天是珊樂莎小姐比我更有能力研究疾病，我們也會全力制止妳。」

「珊樂莎，妳現在是羅赫哈特的最高負責人，不該像我爸爸那樣親自前往有危險的地方。」

「妳不小心病倒了會很麻煩。」

「珊樂莎大人，請您愛護自己的身體。如果沒有珊樂莎大人負責做決策，很多事情都會因此停擺。」

「唔。你們說的對……」

我沒有多想什麼就在話中提到了自己，結果卻換來四人份的強力反駁，讓我一時語塞。

實際上，我也的確沒辦法反駁他們的說法——嗯？奇怪？

「話說，南斯托拉格的醫生呢？醫生應該也比較有能力到當地調查吧？」

村莊之類的小型聚落大多會由鍊金術師來兼任醫生一職，但是南斯托拉格這種規模的都市應該會有專門治病的醫生。

有些醫生是專攻治癒魔法的魔法師，或是熟知治療手段的非鍊金術師，又或是以醫生工作為主的鍊金術師。

雖然每個醫生的背景都不太一樣，但照理說應該會找醫生來提供防疫建議。

——唔～該不會是因為現在是早上，才沒有找醫生過來吧？

我懷著這樣的猜測看向克蘭西，接著克蘭西就面露難色地搖搖頭，說：

「我沒有找醫生來幫忙，也不打算找醫生過來。」

「咦？為什麼？」

「因為……」

總是能立刻回答提問的克蘭西難得顯得不知道怎麼開口。反而是雷奧諾拉小姐露出有點調侃的笑容，說：

「因為這裡的醫生是庸醫。老伯大概覺得難以啟齒，我來幫他解釋吧。那個庸醫過去曾跟吾豔從男爵有掛鉤，藉此得到不少好處。簡單來說，就是不值得找那種庸醫來提供意見。」

「真的非常抱歉。我已經在盡速處理過去貪圖不當利益的不法分子了……」

「沒關係，這部分就全權交給你處理……既然是沒辦法對傳染病提供有用建議的醫生，那就算了。」

我搖搖頭，要看起來是真的很過意不去的克蘭西別放在心上。

畢竟是跟吾豔從男爵有關，也難怪他會愧疚得不好意思直接講明白。

而且克蘭西明明工作量這麼大，卻幾乎等於沒有薪水。

我也是前陣子應付盜賊問題需要處理一些文件的時候才知道的。

雖然他曾經侍奉吾豔從男爵，可是菲力克殿下都不多計較，還任命他當代理官員了，照理說他可以合理領取足以補償龐大工作量的酬勞。或許他到現在還是會為過去的事情感到自責。

「那麼，瑪里絲小姐就跟之後要派去格連捷的領地軍同行吧。我也會盡全力提供治療跟調查要用到的鍊金材料，需要多少就——」

「好耶——」

「等一下！」

瑪里絲小姐跟雷奧諾拉小姐在我正準備說「需要多少就儘管說」的時候同時開口，下一秒，雷奧諾拉小姐就動手摀住了瑪里絲小姐的嘴巴。

「珊樂莎，妳還是不要無限供應她鍊金材料比較好。妳這樣跟她說，她是真的不會節制喔。搞不好還會要妳送一整箱索拉烏姆給她。」

「唔唔——！」

「我看她好像在否認耶？」

「不，她這是在同意我的說法。翻譯出來就是『沒錯！』的意思。」

我覺得一定不是那個意思。因為她的表情明顯在表達否定。

不過，說到索拉烏姆——師父曾說索拉烏姆的果實好吃歸好吃，但在鍊金術方面的用途很有限……不知道這件事的鍊金術師或許真的會想試試看。

可是就算她真的要我提供索拉烏姆，也是沒辦法變出來給她啦。

那種果實一顆值一萬雷亞，如果真的可以用來防止疾病蔓延，是還算可以接受的價錢。然而它最大的問題不在價格，而是它非常稀少，所以再怎麼有錢也很難收集到大量果實。

雖然我家後院是「莫名其妙」長了一株索拉烏姆，可是這件事不能外傳，更重要的是它也還沒結果。

「瑪里絲小姐，我會在可行的情況下提供鍊金材料，妳需要什麼再跟我說。」

「唔……噗哈！比剛才降級了好多！總之，我知道了。反正我本來就想壓低鍊藥的成本，不會隨便浪費昂貴的材料——至少用來治病的鍊藥是不會用到太貴的材料啦。」

意思就是做研究的時候就不會考慮材料價格了，對吧？

畢竟妳之前就是花太多錢才會欠了一屁股債嘛！

「團長，麻煩你派幾位領地軍擔任瑪里絲小姐的護衛。她其實有能力應戰，但是進行治療跟研究的過程中不一定能確實保護好自己。還有，請盡量避免護衛全是男性。」

「就麻煩你挑些可以保護好我這個柔弱女子的護衛嘍。」

「不，妳一點也不柔弱吧？我還記得妳當初用魔法把滑雪巨蟲的腳砍斷喔。」

「在城市裡用那種魔法可是會出大事的。所以我其實不怎麼擅長應付打打殺殺的場面。」

「我還是有點不太相信妳不擅長打鬥……尤其我知道的鍊金術師都很厲害。」

說到艾莉絲實際交流過的鍊金術師——

我、師父、雷奧諾拉小姐、瑪里絲小姐、蜜絲緹……嗯。

「我……我知道了。那就派我的副官擔任護衛吧。她有足夠的戰鬥能力，也能夠處理各種雜務。之後我會多挑選幾位其他身手矯健的護衛隨行。」

不曉得團長知不知道滑雪巨蟲是什麼樣的生物。他可能是感覺到兩人的對話聽起來明顯不尋常，連忙講述會怎麼安排護衛。

「謝謝你。我想想……我想講的暫時就是這些了。還有人有什麼事情要提嗎？」

如果沒事了，就來吃一吃蘿蕾雅做的便當，再跟艾莉絲一起睡一覺吧。

然而，我這份天真的想法卻慘遭克蘭西阻止。

「珊樂莎大人，我想和您討論兩件令人擔憂的事情。」

「我覺得現在有很多事都很令人擔憂……是什麼事情？」

我稍稍皺眉之後，向克蘭西詢問詳情。克蘭西也一臉苦悶地回答：

「第一件事是我收到了一份消息，說菲力克殿下正在前來羅赫哈特的路上。」

「他為什麼要來啊！」

這件大事讓我忍不住發出驚呼。

他之前也曾經隱瞞身分來訪，但也太會挑時間了！

而且一般皇族不會像他這樣頻繁往外跑吧！

「據說是因為菲力克殿下也很佩服珊樂莎大人能夠在短時間內解決盜賊問題，認為應該當面誇讚您立下的大功。」

「這樣反而很困擾耶——！」

明明我只是個市井小民——不對，我最近已經不是平民了，可是也只是個小小的爵士。

正常應該會直接寄一封信過來，要我去王都找他吧！

而且要來就早點來啊！他早點來的話，我就可以卸下全權代理人這個身分，專心處理洛采家領地跟約克村的事情了！可惡～～！

「——啊，等一下！你說他在來這裡的路上，那他現在到哪裡了？」

「我有派人調查，但還沒找出他的確切位置。一般皇族會帶著大批隨從外出，比較容易掌握行蹤，可是菲力克殿下是特例……目前頂多確定他還沒有來到南斯托拉格。」

「喔，說的也是……」

他之前甚至是自己一個人來我店裡。

雖然他的護衛還是會躲在附近保護他，可是至少一般人絕對看不出他是皇族，也不會傳出跟皇族行蹤有關的風聲。

「那，意思是他這次也是隱瞞皇族身分外出嗎？」

「非常有可能。因為菲力克殿下不喜歡正式外出需要辦理的繁雜手續。現在甚至沒辦法知道他是不是已經離開王都了。」

「…………」

如果聯絡得上師父，至少還可以問問看菲力克殿下人還在不在王都……

——看來一定不會有好事。

我默默長嘆了一口氣，接著就聽見幾道跟我有相同想法的感想。

「真擾民。那些皇室貴族都不想想自己會造成我們這些老百姓多少困擾。」

「就是說啊。他真應該好好反省一下，仔細想想自己的一舉一動會造成多少影響。」

「菲力克殿下的確常常帶給我們一些困擾。只是主要都是珊樂莎受害。」

順帶一提，其實包括最先抱怨的雷奧諾拉小姐在內，在場的大多數人地位都比較接近皇室貴族。

畢竟鍊金術師的社會地位即使不及貴族，也還是算偏高的。

而這間辦公室裡屬於一般平民的人基本上都是保持沉默跟面無表情，只有階級最低的瑪莉蓮小姐眼神不斷游移，神情看起來很不知所措。

「不過，我們也已經習慣被菲力克殿下帶來的麻煩波及了。珊樂莎，我認為我們現在應該務實一點，先想想對策。」

「妳說的對。雖然一想到我們因為諾多先生的委託跟菲力克殿下扯上關係，還『習慣』了他帶來的麻煩，就覺得心情好複雜……」

艾莉絲走來我身邊，把手放在我的肩膀上，看得出她想要安慰我。我回給她一道微笑，並立刻重振精神。

「克蘭西，菲力克殿下有可能走海路過來嗎？」

我不太希望他走海路過來。

不過，以他這次的目的來說，他走海路的機率絕對不低。

「菲力克殿下上一次似乎因為要順路拜訪其他領地，一路上都是騎馬。可是這次的目的是拜訪羅赫哈特——正確來說，是專程來見珊樂莎大人。而從王都來羅赫哈特最快的方法，就是走海路。」

唉，果然。除非是像師父那樣的特例，否則一定是走海路比較快。

當初跟蜜絲緹和摩根他們一起從王都回來的時候，也是因為這樣才會選擇搭船。

雖然耗費的天數會受到海風影響，但絕對比騎馬走陸路還要快。

缺點就是很難精準預測什麼時候會抵達目的地……

「所以最壞的情況是菲力克殿下可能現在就在格連捷，對嗎？」

「對，不是不可能。」

我跟蜜絲緹當時是在抵達港口的當天離開格連捷，不過，不習慣搭船或是缺乏體力的人也可能會在港口旁的城鎮休息好幾天。

現在已經收到他說會來訪的信，人還在路上。考慮到時間問題——

「假如他選擇搭船過來，就幾乎無計可施了……總之，請你先假設菲力克殿下人就在格連捷，找找看他在不在當地。」

「遵命。請問如果菲力克殿下真的在格連捷，我們該採取什麼行動？」

意思就是：「要在封鎖狀態下允許菲力克殿下離開格連捷嗎？」

講得更明白一點是：「要帶他來南斯托拉格嗎？」

我在聽到克蘭西實際上帶有這個意思的提問之後，不發一語地雙手盤胸，開始沉思。

原則上來說，我不太希望讓可能染上疾病的人離開封鎖狀態的格連捷，也應該盡可能避免帶他來人口眾多的南斯托拉格。

可是，萬一菲力克殿下真的想離開，我們有權制止他嗎？

但要是不制止，害他變成疫情蔓延開來的導火線……

「……可能終究還是只能看他想留下來，還是想要離開。畢竟我也只是代理領主，無權違抗菲力克殿下的命令。」

我這番話聽起來很像在逃避責任，在某方面上卻也算符合社會常識。

然而，讓我有點意外的是在場竟然會有人對我這種想法提出異議。

那個人就是瑪里絲小姐。

「哎呀，珊樂莎小姐，其實妳還是有權制止菲力克殿下離開格連捷啊。妳之前說委任狀是菲力克殿下給妳的，可是真正下達命令的是國王。所以妳沒必要徹底遵從菲力克殿下的命令，尤其在各個領地內是領主的權限比較高。」

「這麼說也是沒錯……可是，妳應該也知道背後的潛規則吧？」

瑪里絲小姐是伯爵千金，一定比我更熟悉貴族的常識。

領主在自家領地原則上擁有最高權限，但一般再怎麼不情願，還是得接受菲力克殿下的請託。更何況我只是個代理領主……

「假設今天是由瑪里絲小姐來當代理領主，妳會拒絕他的請求嗎？」

我這麼說其實是想回嗆她一下，結果瑪里絲小姐只是很不解地說：

「當然會。如果拒絕他的請求可以防止疾病蔓延，我沒理由不這麼做。」

「真的嗎？那，假如菲力克殿下人真的在格連捷，就麻煩妳去跟他交涉了。可以嗎？」

「沒問題。」

「……妳真的要接下跟他交涉的工作嗎？」

跟菲力克殿下對談是非常累人的麻煩事。看她答應得這麼乾脆，讓我忍不住再向她確認了一次。

「我倒要問，除了我以外，還有誰有辦法跟菲力克殿下交涉？幸好修洛特伯爵家早就不怎麼想管我的死活了。所以萬一真的出了什麼事，也可以把造成的影響壓到最小。」

「瑪里絲小姐……妳居然願意這麼犧牲……」

「不過，到時候就麻煩妳把我欠的債一筆勾消了。我可不想在自己死了以後還繼續給老家添麻煩。」

瑪里絲小姐稍稍低下頭，露出淡淡微笑，彷彿已經做好了赴死的準備。

她竟然願意做到這個地步……

「我……我知道了——」

「等一下。」

「咦？」

雷奧諾拉小姐打斷我的話，嘆著氣說：

「唉，珊樂莎，妳真的善良過頭了。瑪里絲只是故意講得很浮誇而已。」

「是嗎？」

「是啊。因為除非是瑪里絲刻意下毒殺死菲力克殿下，不然就算菲力克殿下真的出了什麼事，責任也不會落到她頭上。尤其菲力克殿下這次是私下外出。我們國家的皇族可沒有殘暴到會輕易處死別人。」

「……瑪里絲小姐？」

我半瞇起眼，用眼神質問瑪里絲小姐。瑪里絲小姐聳了聳肩，調皮地吐出舌頭。

「因為我常常被妳整啊。只是想趁這次機會捉弄妳一下。」

「我哪有常常整妳……」

「我還沒忘記妳之前在雪山上把我推下山喔。」

「我記得那次是妳一直浪費時間在虛張聲勢……」

「我早就不記得當時發生什麼事了！」

「妳的記憶力也太說變就變了吧！」

瑪里絲小姐用笑容敷衍掉我的抗議，一派輕鬆地揮了揮雙手，說：

「總之，菲力克殿下那邊就交給我吧。畢竟我也是出身上流貴族，接受過高等貴族教育的人。妳就儘管放一百二十個心，專心擬定防疫對策吧。」

「謝……謝謝妳……」

雖然還是有點納悶，但她願意幫忙跟菲力克殿下交涉的確是幫了大忙。

我姑且先跟她說了一聲謝謝之後，一旁的雷奧諾拉小姐見狀就傻眼地說：

「珊樂莎，妳還是要小心不要哪天真的被她騙了。有很多貴族都是不把騙人當一回事的傢伙！」

「論這點我也略知一二。因為師父那裡……呃，嗯……有時候也會有階級看起來比較低的貴族上門。」

只是那種貴族通常也會自以為是到惹火師父，最後落得被踢出店門外的下場。

「那妳剛才怎麼一下子就相信她了——不對，妳以往做事都滿謹慎的。嗯～還是妳比較不會懷疑自己信任的人？」

「嗯，這也是珊樂莎的優點。而且她這份善良不只保住了我的命，還讓我們洛采家平安度過了危機！」

艾莉絲的語氣聽起來有點高興。這讓雷奧諾拉小姐微微彎起嘴角，並在看了看我們兩個以後調侃道：

「哎呀，妳這是在炫耀嗎？」

「我不是在炫耀，這都是事實。」

「艾……艾莉絲……」

艾莉絲看起來一點都不害臊，但身處話題中心的我已經難為情到很想挖個洞躲起來了。

我輕輕用手肘撞了一下艾莉絲，要她別講些不必要現在提的話，卻只換來一聲「嗯？」

我們夫妻搞不好不夠了解彼此的問題又再次浮上了檯面。

「這麼說來，妳們兩個算是新婚夫妻嘛——差不多結婚多久以內可以說是新婚啊？」

「我哪知道！不要引誘我講些奇怪的話啦！」

「這不會奇怪吧？畢竟是事實啊。」

「是啊。我們結婚也是事實。」

是沒錯啦！可是不知道我們結婚的人突然聽到這個話題會嚇一跳啊！

像團長、隊長跟瑪莉蓮小姐就被嚇到了！

尤其瑪莉蓮小姐的反應特別大，其他兩人則是雖然看得出很驚訝，反應卻不算太明顯。

畢竟只有貴族社會才會偶爾出現同性婚姻，平民基本上不會考慮跟同性結婚。

會這樣的主因在於一個很現實的問題——也就是同性之間無法生小孩，但感覺我現在解釋這件事情會顯得很像我認為這不是一段正常的婚姻。當初是我自己決定要跟艾莉絲結婚的，我不想為了這件事讓艾莉絲感到不安。

所以我沒有多說什麼，直接轉頭看向克蘭西。

「老實說，光是菲力克殿下的事情就夠讓人頭痛了……克蘭西，你說的另一件令人擔憂的事情是什麼？」

「另一件事情跟前任領主時期參與非法活動的人有關，但相較之下就沒有菲力克殿下的事情那麼急迫。」

「我剛剛應該說過全權交給你來處理了……」

我認為過去的問題應該要由未來治理整個羅赫哈特的人來清算。

暫時擔任代理領主的我沒資格插嘴這件事。

克蘭西似乎也能夠理解我的想法，很快就接著回答：

「是，我們也正在盡速逮捕過去從事不法行為的軍人跟警備隊員等公務人員，對他們施加流放等嚴厲懲罰。只是我認為應該要先告知您跟此事相關的某一件事，也有另一件相關的事情想尋求您的協助——珊樂莎大人還記得約瑟夫這個名字嗎？」

「…………我想一下。」

那是誰？總覺得好像在哪裡聽過……？

無法立刻想起這號人物的我陷入了沉默，隨後，雷奧諾拉小姐就開口替我補充說明。

「珊樂莎，約瑟夫就是想賤價跟妳收購憤怒熊材料的那個鍊金術師。之前跟坍德・吾豔聯手計劃引誘滑雪巨蟲攻擊妳們的也是他。」

「喔喔！原來是那個黑心鍊金術師！我只聽過一次他的名字，沒什麼印象！」

我只聽菲力克殿下提過他的名字一次。

他想低價收購憤怒熊的材料坑我錢那次是真的讓我很生氣，派人去雪山引誘滑雪巨蟲攻擊我們也給我們添了不少麻煩，但他一直躲在幕後，害我都忘了他的存在。

再加上吾豔從男爵和窩德商會的存在感實在太強烈了，根本就不會想到他！

「原來他叫約瑟夫……然後呢？」

「我們目前只知道他被吊銷鍊金執照，無法掌握他離開南斯托拉格以後的行蹤。請您小心注意約瑟夫這號人物，他非常恨您。」

「所以他沒被逮捕嗎？」

「對。因為約瑟夫是貴族，但我們沒能找到足以逮捕他的有力證據。」

「之前菲力克殿下提到他的時候，我就知道要逮到他應該不太容易……我是已經不想再跟他有瓜葛了，真希望他可以早點放下仇恨，好好重新做人。」

他畢竟是鍊金術師，應該會用魔法。

就算沒辦法再開鍊金術店，也不至於找不到工作或只能賺點小錢……

「應該很難吧？尤其那種自己有錯在先還反過來恨人的傢伙一定會很死纏爛打。」

艾莉絲無情打碎了我小小的期望。似乎抱持同樣意見的克蘭西也說：

「我認為他不太可能從事正當工作。尤其有傳聞指出他其實在前陣子的盜賊之亂暗中協助布支修侈．吾豔，只是還無法百分之百確定是他。」

「該不會就是他幫人在王都的布支修侈跟羅赫哈特的盜賊牽上線的吧……？」

「有可能。雖然貴族協助內亂分子也會遭受裁罰，可是我們一樣沒能找到相關證據。」

「畢竟那傢伙也聰明到可以拿鍊金執照。這種會動歪腦筋的聰明鍊金術師跑去做不法勾當就特別麻煩。」

「我還聽過一個傳聞說有一支祕密部隊就是專門對付犯罪的鍊金術師呢。」

「也太恐怖了吧！等等，瑪里絲小姐，妳說的是真的嗎？」

我完全沒聽過有那樣的祕密部隊存在，可是瑪里絲小姐是高階貴族，搞不好聽過一些我不知道的事實……實際上，鍊金術師也的確不是一般警備隊士兵應付得來的，不完全沒這個可能。

「只是傳聞而已。不過，要是珊樂莎小姐這麼厲害的人做起不法勾當，一般人想制伏妳一定會付出不少犧牲。妳哪天要犯罪之前請先告訴我一聲，我想躲遠一點。」

「我才不會去犯罪好不好！不要亂說啦！」

可是仔細想想，我好像也不是完全不可能成為罪犯……

假如我當初沒有成功考上鍊金術師培育學校，沒有學到一技之長就離開孤兒院——

又或是無緣遇到師父，沒機會發現自己的魔力量特別多，不小心因此引發意外——

我重新體會到現在的自己有多幸福，同時看往身旁的艾莉絲。她看起來對我這道視線感到有些疑惑，但還是對我露出溫柔的笑容。

「……嗯，反正我也很滿意現在的生活。」

「所以妳不滿意自己的生活就會去犯罪嗎？」

「瑪里絲小姐，妳就別調侃我了！我如果不滿意自己的生活，一定會先嘗試努力改變自己——總之，我會留意約瑟夫這個威脅。那，你說想要我協助的是什麼事？」

「是跟這座宅邸的寶庫有關的一件事情。我最近會利用處分共犯的閒暇時間整理寶庫，結果發現寶庫裡的收藏品跟收藏目錄有很大的出入。」

「呃……不是因為被前任領主賣掉嗎？」

「應該有一部分是，不過，後來被驅逐出去的吾豔家的人似乎也在被撤銷爵位時趁亂帶走了一些東西。帶走的是現金跟貴重金屬倒還好，問題在於部分鍊器跟鍊藥也被帶走了。所以我想請您幫忙檢查。如果雷奧諾拉小姐跟瑪里絲小姐不會不方便，也希望兩位能提供協助。」

「原來如此。畢竟是珍貴到會被放進寶庫的東西，要是落入罪犯手中的確讓人不放心。」

吾豔從男爵家被撤銷爵位後，南斯托拉格的犯罪勢力就在克蘭西的大力整頓下衰退了不少。假如疾病蔓延到南斯托拉格，導致治安惡化，說不定會成為他們死灰復燃的大好機會。要是他們還有鍊器之類的工具輔助，必定會招致一場混亂。

「我知道了。現在這種情況最好不要留著太多隱憂，還是仔細檢查看看比較好。」

「我們也會一起幫忙。好不容易才少掉一堆人渣，我可不想再看到南斯托拉格變得像以前那麼亂了。」

「感激不盡。那麼——」

「克蘭西，我們現在還是先休息一下吧。」

我打斷想要馬上去寶庫的克蘭西，環望室內。

我不知道他們在我們抵達這裡的多久之前開始討論對策，但我猜可能是從昨天晚上忙到現在。每個人的神情看起來都很疲憊。

例如或許是因為自己身分較低而不怎麼開口發言的團長跟隊長他們就一直站在辦公室角落。以及大概是被當作客人而得以坐在沙發上的雷尼，也累得一直眨眼睛。

雷奧諾拉小姐跟瑪里絲小姐反而好像還很有精神……畢竟鍊金術師本來就常常熬夜處理鍊製工作，體力跟魔力一定比一般人強。

至於明明是在場最年長，卻總是東奔西走的克蘭西——

「對不起，是我疏忽了。」

「克蘭西，你看起來好像還很有精神……？」

「是，我一點也不覺得累。雖然這種危急時刻或許不應該說這種話，但其實我覺得現在的生活非常充實。不久之前的我再怎麼努力工作，也只能做到盡可能減緩這片領地腐敗的速度。不過，現在我可以清楚感覺到自己愈勤奮，這片領地也會跟著變得更好。這讓我不禁想起跟前前任領主共同打拚的那些日子。」

克蘭西這麼說的同時，眼神也像是在看著遠方。我跟艾莉絲隨即看往彼此，點點頭說：

「他這種症狀是那個吧——工作狂。」

「我覺得珊樂莎妳好像也沒資格說別人……？」

嗯？我們的想法又不一致了。看來我們需要私下聊一聊。

雖然她說我沒資格說別人也的確是事實啦！

「總之，我們先告一段落吧。各位應該都還沒吃早餐吧？雷尼，你先好好休息，之後再盡快趕去格連捷。團長、隊長跟瑪莉蓮小姐也記得適度休息。」

我用雙手敲響桌面，並站起身。

「接下來會是長期抗戰。過度疲勞會導致我們容易生病。我們需要隨時注意自身的健康狀況，一同努力度過這次難關！」

「「「遵命！」」」「「好！」」「那當然！」

Episode 2

開始行動

我跟艾莉絲要本來想替我們做早餐的克蘭西不用準備我們的份，在離開辦公室以後直接前往他幫我們安排的房間。

我上一次長期待在南斯托拉格的時候也是住在同一個房間，這個房間是領主宅邸裡最高級的客房，裡頭有很大張的床跟沙發，裝潢給人的印象相當樸素。

我有點意外曾經是坍德．吾豔家的這座宅邸會有這種房間……會是後來改裝過嗎？

又或者是他對客房沒什麼興趣？

總之，我很高興這裡的客房沒有異常奢華。

畢竟真的要住人還是實用性比外觀重要多了。

我躺到看起來有點貴，可是坐起來很舒服的沙發上，嘆了一大口氣。

「唉～～」

「辛苦了，珊樂莎。妳還好嗎？」

艾莉絲邊說邊坐上沙發，接著把我的頭抬起來，讓我躺在她的腿上。她摸了摸我的頭，慰勞疲憊不堪的我。

她溫柔的動作，也讓我感覺心裡比較沒有那麼沉重了。

「身體是不覺得累，精神上……就有點累了。做自己不熟悉的事情很容易累。」

「知道自己的決策會影響人命，壓力一定很大。爸爸他們在之前發生飢荒的時候也曾煩惱類似的問題。當時挨餓的不只是我們的領民，還有來自其他領地的難民……所以得決定要不要對他們見死不救。連當時還小的我，都看得出來爸爸那時候有多苦惱。」

「他最後還是選擇連難民一起救了吧？我真的很佩服厄德巴特先生願意對難民伸出援手。」

「可是這也導致我們洛采家後來差點被債務壓垮。不對，應該說是早就被壓垮了。我無法判斷以一個領主來說，他當時的選擇是不是正確的。」

「這的確很不好說。畢竟事後才來評論的人想怎麼解釋都解釋得通……」

從領民優先的觀點來看是錯的，但從人命優先的觀點來看會是對的。

若從貴族應該保護自己領地的觀點來看，則是無法斷定他的選擇百分之百正確……

「反正現在問題都解決了，就當作他當時做出了正確的選擇吧。」

「但洛采家是因為有妳，才能平安度過危機。而且我們還害妳必須受苦。抱歉，如果我有能力幫妳分擔更多重擔就好了……我很後悔自己以前沒有好好學習更多有用的知識。」

我仰望著艾莉絲的臉，發現她的表情看起來有點難過……

於是我舉起手，輕輕撫摸她的臉頰。

「艾莉絲，妳不需要自責。畢竟這次的事情跟我是洛采家的人無關，要怪就應該怪菲力克殿下。對，這一切都是那個總是丟麻煩事過來的王子害的！」

我大力表示所有責任都在那個臭王子身上，艾莉絲就發出小聲的苦笑。

「哈哈哈……妳這些話要是被他聽到了，他又會再丟一堆麻煩事給妳喔。尤其他現在已經盯上妳了——不對，應該說他很看重妳的能力才對。」

唔～雖然受到他看重，是比他想除掉我才會盯上我好啦——

「不管是盯上我還是看重我，對我來說都只是困擾。我只希望他最好不要來煩我。」

「可是妳是奧菲莉亞大人的徒弟，應該很難吧？這也是一種成為名人的代價嗎？」

「呃。妳這麼說，我還真沒辦法反駁。畢竟成為師父徒弟的好處多到會讓這種壞處都顯得不算什麼了。呼……」

我閉上雙眼，嘆了一小口氣，並放鬆全身的力氣躺在艾莉絲腿上。

我其實很想直接睡著……但還有該做的事情沒做。

「好了！我們差不多該來吃蘿蕾雅幫我們做的早餐了。」

我稍稍逼自己打起精神坐起身，伸手去拿帶來的行李。

「嗯，我們吃完再休息吧。其實我也累了……看來我鍛鍊得還不夠。」

「妳已經夠厲害了。雖然我們中間有停下來休息一次，可是不是每個人都能像妳一樣全程保持那個速度從約克村跑來這裡。」

蘿蕾雅幫我們做的便當分量以兩人份來說算是偏多。

我在心裡感謝明明沒多少時間，卻用心幫我們準備宵夜跟早餐的蘿蕾雅，同時用客房裡的茶壺泡茶。艾莉絲則是幫忙把餐點放到桌上。

「蘿蕾雅的廚藝真是一天比一天還要厲害了。」

「畢竟她幾乎每天都會幫我們煮三餐。她一開始還沒有現在這麼會煮飯，應該是因為她有上進心，才能變這麼厲害。」

蘿蕾雅在來我店裡當店員以前就曾跟她的媽媽瑪麗女士學過廚藝了，當時的她煮飯還沒有特別好吃，頂多是以她這個年紀的人來說算廚藝特別好。

但是她後來主動來問我下廚的訣竅、努力研究師父她們送來的食譜，還會勇敢挑戰在自己家不曾用過的食材。也是這樣長久努力下來，才有現在的好廚藝。

「而且吃進嘴巴裡就會馬上感覺到這是蘿蕾雅親手做的料理。」

「是啊。能在外面吃到熟悉的味道也讓人特別安心。」

我們一邊聊天，一邊把分量偏多的早餐吃完。一吃飽，就忍不住打起了呵欠。

「呵啊～……呼。」

「呵呵，看來妳也一樣很累。妳要不要先去把身上的汗沖一沖？這裡應該有浴室吧？」

「有……但是現在去洗澡，搞不好會直接睡死在浴室裡。」

我的確很想在睡覺之前先把身體洗乾淨。

可是又好想睡……怎麼辦？

「妳看起來真的快睡著了，真難得……果然是壓力太大了嗎？」

艾莉絲在小聲說完這句話後，起身扶我起來。

「我不放心讓妳自己一個人洗澡。我陪妳去。」

「啊……嗯，那就麻煩妳了……」

我帶著有點放空的腦袋跟著艾莉絲一起去浴室，她不只幫我洗身體，還帶我進浴池裡……泡完澡之後身體暖呼呼的，也比較沒剛才那麼累了。我在換好睡衣之後坐到床上。

「呼～……」

「珊樂莎，妳要睡了嗎？我的大腿可以再借妳躺。」

「這主意是不錯，可是那樣妳就不能睡了吧？嗯～」

我往後躺，伸了個懶腰。不久，換好睡衣的艾莉絲也過來坐到我身旁。

「也是。那，我就牽著妳的手到妳睡著吧。」

「不用啦。我又不是小孩子了——啊，我這麼說不是要妳對我做大人才會做的事情喔。別會錯意了。」

「我沒有會錯意……我只是覺得睡覺的時候能感覺到別人的體溫，其實意外讓人安心。」

「哎呀？難不成妳有親身體會過嗎？」

「因為我以前——不對，一直到前陣子都還是跟凱特一起睡。」

「哦？是喔，我是不會特別追究妳在我們結婚之前的行徑啦。」

「妳怎麼會突然提到這個？還是我應該說我們一直以來都是『相依為命』會比較好懂一點？因為我們離家開始當採集家以後的生活也不太好過。尤其我們雖然從小就在貧困貴族家庭裡長大，卻也只是兩個飽受大人呵護的小女孩。」

我笑著看向艾莉絲，故意調侃她。她則是一邊苦笑，一邊掀起被子。

不知道為什麼我鑽進被子裡之後，連艾莉絲都跟著躺到我旁邊。

「我沒有要求妳陪我一起睡啊。」

「偶爾一起睡沒什麼關係吧？——妳真的不喜歡有人陪妳睡的話，我也不會勉強妳。」

「我沒有說不喜歡啊。」

「那我們就一起小睡一下吧。我也有點累了。」

「這樣啊。那晚安，艾莉絲。」

「嗯，晚安，珊樂莎。」

雖然我們不至於牽著手，但還是一起在同一張床上閉上雙眼，小睡片刻。

◇ ◇ ◇

睡了幾個小時讓腦袋休息過後，我們跟雷奧諾拉小姐和瑪里絲小姐就在克蘭西的帶領之下前往寶庫。

宅邸的寶庫會位在地下樓層似乎是想方便防盜。我們走下長長的樓梯，並在最底下看見一道冰冷又厚重的巨大門扉。

「真不愧是前從男爵的家。哪像我們洛采家頂多只有個小型的穀倉而已。」

「是嗎？可是我家也有寶庫，應該不少見吧？」

「瑪里絲，我家只是個小小的騎士爵家……拜託別拿我們跟伯爵家比。」

瑪里絲小姐對露出苦笑的艾莉絲輕輕聳了聳肩。

「不過，我家那個擠到本來連腳都沒地方踩的倉庫在我的努力之下，也變得比以前寬敞一點了。」

「……嗯？妳曾幫家裡的人整理寶庫嗎？」

「怎麼可能。我看瑪里絲大概是利用整理寶庫的機會跟家裡討錢吧。」

「意思是……瑪里絲小姐把寶庫裡的東西拿去賣掉換錢了嗎？」

我這麼詢問瑪里絲小姐，卻看到她把頭撇向一旁。

「……我那時候聽他們說是整理倉庫的好機會。」

「「呃……」」

「反正那些寶物都不會拿出來用，留著重要的東西就好了。」

這種想法不是不合理，可是把寶物拿去賣的人自己說這種話，就顯得很沒說服力。

聽起來只會像在找藉口。

「哈哈哈，其實這個倉庫裡的東西也比以前少了很多，只有收納空間特別大——哼！」

克蘭西解開門鎖，用力推開看起來很沉重的門，而門後的景象一如我的預料，是一間非常大的地下室。

目前的光源只有克蘭西手上的鍊器，沒有辦法看清楚整個寶庫的模樣，但這裡搞不好比我家還要大。

「有點太暗了。『光』。」

雷奧諾拉小姐用魔法在天花板附近製造出幾個光源，清楚照亮了室內——然而，映入我們眼簾的這座寶庫卻是讓人忍不住想用「寂寥」來形容它。

這裡到處都有看起來很昂貴的東西，數量也不算少，卻能看見收藏櫃當中有很多空位。地下室的寬敞空間也反倒更加襯托了這份淒涼。

「這裡曾經有九成的空間都放滿了收藏品……我也真是的，年紀一大，就老是忍不住回想起過往的繁華。」

克蘭西輕輕摀住泛淚的雙眼，微微搖了搖頭，接著指向寶庫右側的最裡面。

「跟鍊金術有關的收藏品在那邊。這是目錄，再請各位幫忙確認了。鍊器基本上不會放在別的地方，不過……」

「有些東西乍看很難辨別它是不是鍊器。珊樂莎、瑪里絲，我們先來檢查留在這裡的收藏品吧。沒辦法分辨的東西先暫時擱在一邊。」

「知道了。每樣收藏品確認完就在目錄上做記號吧。」

「了解。」

鍊器很好分辨。就算有我沒看過的東西，也只要問問看雷奧諾拉小姐跟瑪里絲小姐的看法，再拿來跟目錄比對，就能看出是不是鍊器，所以檢查起來非常順利。

至於鍊藥，則是就某方面來說很不好辨認。

基本上只能靠貼在上面的標籤來辨識，可是偶爾會有標籤脫落的狀況，這種就無從分辨了。

鍊藥種類繁多，幾乎不可能在沒有任何線索的情況下看出瓶子裡裝的是什麼，我們只能把這些鍊藥集中放在一起，藉著跟目錄上還沒做記號的鍊藥互相比對來猜測它的效果。

「這樣看下來，鍊藥幾乎都沒被人帶走呢。」

「畢竟鍊藥意外不是很好變賣——話說，老伯，這些鍊藥應該都放很久了，還是直接銷毀比較好吧？」

「除非裝在比較特殊的瓶子裡，不然早就過期了。」

「裡面也有些昂貴的鍊藥……但換作是我，我一定不會拿來用。」

這間地下室的室溫變化應該不會太大，不會不適合儲存鍊藥。

不過，也只是「不會不適合」而已。假如是前前任領主那時候弄來的，至少就擺了超過十年。如果只是單純效果變差倒還好，一想到放了這麼久的鍊藥可能會變質，我就不敢用了。

「的確。等確認完缺漏情形，就全部銷毀吧。」

「我也認為還是銷毀比較好。不然留著也只是占空間。」

我在同意克蘭西的決定之後，瑪里絲小姐忽然發出小聲驚呼，把櫃子裡的一瓶鍊藥拿在手上晃了幾下。

「哎呀？這裡有變性藥耶。反正銷毀也是浪費——」

「不需要！」

「我什麼都還沒說啊。」

「珊樂莎大人，您需要的話，可以直接拿走——」

「就說不需要了喔！我才不敢用不確定保存狀態好不好的變性藥。瑪里絲小姐也知道藥效不完全的危險性吧？」

「那當然。要是在奇怪的時機變回原本的性別，就等著出大事了。」

像是在懷孕期間突然變回來就很危險。如果用變性藥的是女生倒是沒什麼差。

「不過，單純拿來玩一下應該還好吧——」

「你們貴族就是這麼奢侈！總之，我不需要變性藥。而且現在比較麻煩的是鍊器。看起來好像少了幾樣鍊器，我們來找找看是不是放到其他地方了吧。」

「我也來幫忙找。珊樂莎，妳知道那些鍊器的外型嗎？」

「我想想，目前還沒找到的鍊器——」

艾莉絲跟克蘭西也和我們三個一起在寶庫裡到處搜找，過程中有多找到一些以為已經遺失的鍊器，卻也不是全部都有找到。

「沒放在寶庫裡的鍊器總共有五個。」

「該說遺失的數量沒有原本預料的多嗎？」

「畢竟這裡有其他明顯很值錢的財物，一般絕對不會想優先拿走不知道值不值錢的鍊器。而且只是單純想拿去賣錢還算好的……偏偏沒找到的鍊器裡面有些不太尋常的東西。」

目前沒有找到的五個鍊器分別是「疾風之蹄」、「挖土機」、「無情手杖」、「空隙短劍」、「裘昆希斯之壺」。

遺失的鍊器的確不多，可是裡面有幾個是我沒聽說過的鍊器……

「挖土機應該只是忘記更改目錄內容。我記得很久以前就轉讓給擁有礦山的貴族了。」

「那就剩下四個了。珊樂莎，剩下幾個是什麼樣的鍊器？」

「疾風之蹄是馬蹄鐵。這種鍊器可以減輕馬的負擔，讓馬跑得更快。」

「空隙短劍是有點危險的鍊器。我聽說它可以隔著牆壁攻擊人，效果強一點的還有辦法不進門就殺死人。」

「無情手杖也有點危險。它是一種可以提升魔法威力的鍊器，缺點是會消耗使用者的生命力。正常人是不會想用它啦。」

這幾種我只聽過疾風之蹄，但聽說市價都非常昂貴。

只是這幾樣鍊器比較特殊，好像也不是那麼容易找到買家。

「真不愧是從男爵的家，竟然有這麼特別的鍊器。最後一個裘毘希斯之壺呢？名字聽起來滿奇怪的。」

「我沒聽過這種鍊器。雷奧諾拉小姐跟瑪里絲小姐聽過嗎？」

「我也沒聽過。真的有這種鍊器嗎？——只是我也不太知道《鍊金術大全》第八集以後有什麼鍊器，頂多知道一些比較有名的。」

雷奧諾拉小姐語帶疑惑地說完，瑪里絲小姐也接著說：

「這個嘛，我也只知道童話故事裡的『裘毘希斯之壺』，其他就不清楚了……」

「咦？什麼童話故事？」

我從來沒聽說過相關的童話故事。瑪里絲小姐一臉意外地看著感到疑惑的我。

「哎呀？妳沒聽說過嗎？師父也是？——呵呵呵。」

瑪里絲小姐一看到我、雷奧諾拉小姐、艾莉絲跟克蘭西都不知道她說的童話故事，就露出帶著少許優越感的笑容。雷奧諾拉小姐似乎是覺得有點惱人，立刻拍了一下瑪里絲小姐的頭，要她繼續說下去。

「只有家裡夠有錢的人才有機會聽跟看童話故事。妳別賣關子了，要說就趕快說！」

「痛死我了！真是的……總之，這則童話要從一個貧窮的男子撿到壺開始說起。」

男子在某個海岸撿到有點髒的壺，決定帶回家當成水瓶。

他在洗乾淨以後，才發現那個壺看起來非比尋常。

他認為那個壺一定是值錢的名貴珍寶，努力把壺擦拭得更加乾淨，並偶然得知放進壺裡的東西每隔一段時間就會變成原本的兩倍。

總是挨餓的男子一開始是把地瓜變成兩倍來填飽肚子，然而，人類一旦能夠吃飽喝足，心裡就會產生更多的慾望。

「他後來開始利用那個壺做生意，也有人試圖搶走他的壺……中間這些劇情不是那麼重要，我就直接省略了。男子最後是因為滿到連壺都裝不下的金幣太重，跟船一起沉到了海裡面。那個男的名字就叫裘昆希斯。」

「妳還真的一口氣省略很多耶！」

「如果沒有在趕時間，我還滿想聽聽看完整故事的……不過，應該不可能只是碰巧取一樣的名字而已吧？」

「不可能吧，除非它用的是更普遍的名字。但不曉得是製作者幫鍊器取名的時候有參考這則童話故事，還是先有裘昆希斯之壺，才有人用它當題材寫故事。」

「真的有那麼神奇的鍊器存在嗎？我雖然親身體會過鍊金術有多厲害，可是也不至於做出這麼誇張的東西吧？」

艾莉絲眉頭深鎖，用懷疑的眼神看著我們。我們三個鍊金術師無法給出明確的答案，看了看彼此，說：

「單純問做不做得出這種鍊器的話，我很肯定絕對做不出來，可是……」

「也很難斷定世上真的不存在這種鍊器。畢竟效果超出常人理解範圍的鍊器意外不少。」

「我猜『什麼東西都可以變成兩倍』這部分大概是假的，不過在特定條件下發揮類似的效果也不是不可能。用非常單純的鍊器來舉例——比方說湧水瓶好了，它的水不就是無中生有嗎？」

「唔，經妳這麼一說，好像也是滿有道理的。單看量的話，湧水瓶的效果的確比變成兩倍還要誇張……」

艾莉絲聽完雷奧諾拉小姐舉的例子之後，還是顯得有點疑惑。大概是因為水太過隨處可見，比較難明確感受到她想表達的意思。

「對了，老伯，那個裘昆希斯之壺實際上有什麼功用？」

「我也不清楚。可能當時帶來的時候被當成用途未知，或是沒什麼用處的鍊器了，不然應該會告知我那種鍊器的功用才對。」

「說的也是。會不會是賣那個壺的傢伙故意取個聽起來很聳動的名字而已？」

「不算非常有名，可是也實際存在的童話故事——拿來當噱頭的確還不賴。」

因為太過有名，反而會不容易認為在自己眼前的東西是真貨；故事編得太假，又很難讓人真的相信商品來頭不小。

挑只有少部分人知道的童話故事來當噱頭搞不好還剛剛好。

「也有可能實際上只是個垃圾……但問題是有人特地把它拿走。老伯認為是約瑟夫拿走的，對吧？所以你才會提醒珊樂莎要小心。」

「對。一般人就算拿到鍊器，也要有人幫忙說明才知道具有什麼功用，自然也很難轉賣。可是曾借住這座宅邸一陣子的約瑟夫是鍊金術師，他說不定是發現裘昆希斯之壺是很有用處的鍊器，才會私自帶走。」

約瑟夫是潛在的敵人——不對，對方是真的很恨我，應該算是明確的敵人？

而他特地帶走了一個我們都不知道有什麼功用的鍊器。

「真的滿讓人不放心的……」

「對不起，我一定會盡快找出約瑟夫的所在地。既然會有鍊器遺失，就很有可能是熟知鍊金術的約瑟夫所為。如果能在他那裡找到遺失的鍊器，就有足夠的理由逮捕他了。」

「我是很想麻煩你調查約瑟夫跟那些鍊器的去向，可是……」

我們現在真的該分配人力去找他嗎？

應該要優先處理眼前的疫情問題，而不是去找還只是個不定時炸彈的約瑟夫吧？

我煩惱得忍不住發出「唔～」的聲音，途中，一旁跟我一樣煩惱到面露複雜神情的艾莉絲忽然抬起頭，說：

「克蘭西，寶庫裡被偷的不是不只鍊器嗎？會不會——那個壺也是被約瑟夫以外的一般人拿走了？」

「呃，可是，只有鍊金術師才會——」

「不，我想說的是——那個鍊器應該跟它的名字一樣是個壺吧？有沒有可能是當時來偷東西的人覺得那個壺很方便他一口氣裝走很多財物，就順便帶走了？」

「「「…………」」」

她的意思就是「搞不好只是一個不知道那個壺有什麼價值的小偷開開心心地把金幣跟寶石都

放進去，再抱著壺離開」。

意外有可能真實發生的情境讓我們一同陷入沉默，這也使得艾莉絲有點慌張地看向我們幾個，問：

「我……我是不是說了什麼不該說的話……？」

「沒有……總……總之，我們先做好最壞的打算，再來擬定接下來的計畫吧。凡事都要先做好萬全準備，才不會在臨時出狀況的時候手忙腳亂。」

「是啊。我也會多留意有沒有他的消息。至少約瑟夫如果人在南斯托拉格，我一定會聽到風聲。」

「那就拜託妳了。克蘭西……就以防疫為優先吧。我們不能為了找出約瑟夫而本末倒置。約瑟夫的事情交給我來想辦法就好。」

克蘭西在聽到我這麼說以後陷入短暫沉默，看起來很煩惱。但我們沒有足夠的人力資源是無可否認的事實，所以他最後還是回答了一聲「遵命」。

雷奧諾拉小姐跟瑪里絲小姐在離開寶庫之後匆忙趕回店裡。

瑪里絲小姐預定會在明天早上出發，除非被其他事情拖延。

她必須在那之前準備好要帶去的行李，也就是研究跟治療疾病需要的用具。

而我們則是跟著來找我們的團長一同前往練兵場。

團長已經召集好可以派去格連捷的士兵了，這一趟是要去挑出抵抗力可能比較高的人……但團長卻一直不時瞥向我的臉，似乎很想說什麼。

不知道克蘭西是不是很在意他這種稍嫌失禮的態度，臉色不太好看，於是我決定搶在克蘭西之前先詢問團長有什麼事。

「團長，怎麼了嗎？」

「呃，就是……我可以請教您一個問題嗎？」

「當然可以，儘管問。我反倒希望你有什麼疑問就馬上提出來。心裡的疑問得到解答，應該也會讓你比較能安心執行任務。」

「謝謝珊樂莎大人。之前……您曾說要挑出抵抗力比較強的人，可是真的能夠分辨誰的抵抗力強不強嗎？我知道有活力的年輕人比較不容易罹患疾病，可是我們領地軍基本上都是身體健康的年輕士兵。」

畢竟身體不健康的人也不會想當士兵，更不可能跟得上軍隊裡的嚴格訓練。

所以我能理解他為什麼會有這樣的疑問——

「其實還是有粗略的判斷標準，只是很少人知道而已。」

據說人類對疾病跟毒素的抵抗力跟個人的體力、魔力、精神力有關。

用非常簡略的方式來解說的話，就是假如某個人有一〇〇的體力、一〇〇的魔力、一〇〇的精神力，那他就可以承受強度三〇〇以下的毒素。

不過，目前沒有方法可以精準測量出這三個項目的明確數值，而且每個項目換算成抵抗力時要乘上的數字又不太一樣，有一說指出「假設精神力是乘以一，那體力就要乘以一．五左右，魔力則是乘以一．二左右」。

也就是說，用剛才舉例的數字來算，抵抗力的數值就會是三七〇。

「這個理論提及的數值正不正確還很難說，不過整體上的方向似乎是對的，所以就算每一個士兵都經過同樣的訓練，魔力比較高的士兵還是容易有更好的抵抗力。」

「意思是珊樂莎大人要挑出魔力量較高的士兵嗎？可是，我們軍中幾乎沒人會用魔法……」

「不會用魔法的人也會有魔力。雖然我不知道用這種方法決定派去格連捷的人選能帶來多大的效益，但我們應該盡可能降低士兵染病的風險。」

像蘿蕾雅是在我教她以後才開始用魔法，可是她的魔力量就非常多。

她身體特別健康搞不好不只是因為在鄉下地方的自然環境當中長大，也跟她本身魔力特別多有關係？

順帶一提，明明已經上了年紀卻還很有活力的克蘭西，也是屬於魔力特別多的人。

只是我不知道他會不會用魔法。

「珊樂莎大人，謝謝您這麼為我的下屬們著想。不過，魔力量應該不好測量吧？」

「的確很難測量出精準的數值，但我可以大概看出魔力多寡。從列隊站好的士兵當中挑出魔力相對比較高的人不是難事。」

我一回答完團長的疑惑，他就倒抽了一口氣，訝異得睜大了雙眼。

「真不愧是珊樂莎大人！原來您不只實力堅強，還能辨別魔力特別多的人……我布萊昂著實甘拜下風！」

對，團長的名字叫布萊昂。

不知道為什麼他跟警備隊隊長——隊長的名字叫卡爾文——都很尊敬我。

……大概是因為上次來參加他們的訓練，幫他們減輕了不少壓力吧。那次真的讓我又重新體會到師父的劍術真的超乎常人。

「辨別魔力量……珊樂莎大人，每一位鍊金術師都有能力做到這種事嗎？」

「其實不一定。而且應該滿少人辦得到的。」

我否定了看起來很好奇的克蘭西提出的疑問。

光是能從肌肉看出來的力氣都很難只仰賴視覺來測量出準確數值了，更何況是魔力。這種辨識能力很難學。

像當初最先發現我魔力特別多的不是鍊金術師培育學校的教師或教授，而是師父——這麼說應該就比較好理解有多難學了吧？

師父發現我的魔力天賦也讓我找到了人生的出路，所以我後來也付出不少努力在學習怎麼辨識魔力。

因為我希望未來要是遇到跟我一樣的人，也可以像當初的師父一樣向對方伸出援手。

「我曾聽說有種鍊器可以大略估算一個人擁有多少魔力……」

「喔～的確有那種鍊器。只是價格貴得很嚇人。」

「珊樂莎，妳沒有那種鍊器嗎？」

「沒有、沒有。畢竟我用不到。就算真的有，這次也派不上用場。用鍊器來測魔力太浪費時間跟成本了。」

聊著聊著，就抵達了練兵場。

待在裡頭的眾多士兵都已經整好隊，靜待我們的到來。

其中大多數是年輕人，會這樣應該是因為召集的條件是抵抗力要夠強，外加目前的領地軍本來就是年輕人比較多。

原因當然是出在吾豔從男爵家被撤銷爵位。

當時趕走了有問題的軍人，重新招募新兵，自然拉低了軍中的平均年齡。

把從事不法行為的人清乾淨是好事，但資深軍人變少也會衍生出整體戰力變弱的問題——我本來很擔心會變成那樣，結果實際上好像沒造成多大的影響。

說來也滿哀傷的，因為原本的軍隊本來就沒有訓練得多精良，那些透過不法手段賺取利益的傢伙也不可能有多厲害，到頭來好像還是願意努力鍛鍊的新兵比較好。

待在練兵場的士兵們神情都非常嚴肅，看得出他們很認真看待這份任務——

「注意！珊樂莎大人要訓示你們！所有人，立正！」

——咦？我沒聽說我要負責訓示這些士兵啊。我本來不打算把氣氛弄得這麼嚴肅，只打算走到魔力偏多的人面前說「來～你的魔力比較多，來這邊。要加油喔！」而已耶。

所有士兵瞬間立正站好，視線也全集中在我身上。

我的心臟並沒有強到可以在這樣的壓力下說出那麼沒緊張感的話。

決定假裝很有威嚴的我踩著緩慢的腳步往前走，同時拚死命思考自己該講些什麼，最後緩緩開口，說：

「……相信你們應該都已經知道南斯托拉格東南方的港都——格連捷傳出了疫情。我決定封鎖格連捷，現在必須從你們之中挑出一半的人參與封鎖計畫，另一半則是負責支援。」

我講到這裡先告一段落，看了看士兵們的表情。

他們看起來……沒有被我這番話嚇到。

太好了。要是這時候就被嚇到，就沒有人手可以派去格連捷了。

「能否成功抑制疫情大規模擴散，避免造成莫大的犧牲，全看各位的努力。希望你們能夠盡全力保護羅赫哈特——也是保護你們居住的家園。我很期待各位的表現。」

「向珊樂莎大人敬禮！」

我也模仿士兵們整齊劃一的動作答禮，隨即看向團長，說：

「那麼，我們馬上來分組吧。先請所有人靠向左邊——」

◇ ◇ ◇

領地軍在我挑選完要派遣的士兵的隔天出發，準備前往格連捷。

順利的話，差不多五天就能完全封鎖格連捷。

瑪里絲小姐也會跟軍隊一同出發，但是她跟她的護衛會比軍隊更早進入格連捷執行任務。

而我也在一大早目送他們離開以後，就忙著處理各種資料跟收集情報。

調動人員跟物品本來就需要寫好相關的必要文件，再進行核可。

尤其物資的調動又特別困難，如果沒有經過仔細考量就從其他城鎮運送物資去疫區，疫情又蔓延到那些城鎮，反而會增添麻煩。再說，資料上寫的物資也不一定真的還有存貨。

所以我們必須一一確認實際上的物資存貨是否跟資料上相符，同時預測疫情會怎麼擴散，還要考慮需要準備多少物資跟應該要把物資分配到哪裡。我一邊和克蘭西和艾莉絲討論，一邊擬定出數種版本的防疫計畫。

然而，目前還存在許多不確定因素，再加上我也是第一次主導防疫。

這導致我們只能擬定粗略的計畫。我在忙完一天以後先暫時放下工作，在隔天跟艾莉絲一起去找雷奧諾拉小姐討論一些事情——講得精確一點的話，是連人在約克村的蜜絲緹跟蘿蕾雅也會參與這場會議。

開會的地點在雷奧諾拉小姐店裡放著共音箱的房間。

我們聚集在共音箱旁邊，啟動並開始通話：

「蜜絲緹、蘿蕾雅，妳們聽得到嗎？」

平常這時間她們兩個都起床了，應該會待在能聽到共音箱的聲音的地方。我們沒有等沒多久，就聽到了來自另一頭的回應。

『——聽得到，而且聽得很清楚！』

『珊樂莎小姐，妳還好嗎？身體有沒有不舒服？』

「我沒事。畢竟我也沒親自去傳出疫情的格連捷。」

『太好了。妳不要太勉強自己喔。』

「嗯，謝謝妳。」

明明才兩天沒見，我卻覺得蘿蕾雅的聲音好令人懷念。是因為她在我心目中是日常生活的象徵嗎？

『那艾莉絲小姐呢？妳會不會很累？』

「我不累。而且我在來南斯托拉格的路上都沒有拖慢珊樂莎的腳步——對吧？」

艾莉絲看向我，想尋求我的同意。我也點點頭，說：

「嗯。雖然我們不是從頭到尾都沒休息，但抵達南斯托拉格的時間也夠快了。」

『這樣啊。那太好了。』

『珊樂莎學姊，你們的防疫對策還順利嗎？』

「我們才開始展開行動而已。現在剛派軍隊去封鎖格連捷，也請瑪里絲小姐跟著到當地調查是什麼疾病，我們留下來的人則是繼續討論今後的對策……算還在努力調查現況吧？」

『瑪里絲小姐是之前曾來店裡幫忙的那個人吧？真的可以放心把這麼重要的事情交給她處理嗎？她曾經欠錢欠到害自己倒店，不是嗎？』

蜜絲緹曾見過瑪里絲小姐，但不熟悉她是什麼樣的人——應該說，我也只跟蜜絲緹講過她欠錢的事情。雷奧諾拉小姐在蜜絲緹語氣不安地說完這番話後，笑著說：

「別擔心。她其實還是很優秀的。尤其對疾病的了解更是沒多少人贏得過她。我看不只是我，一定連珊樂莎都沒有她厲害。」

『原來她那麼厲害啊……？』

「我也不太清楚，但既然雷奧諾拉小姐都這麼說了，應該是不會錯。畢竟瑪里絲小姐本來就是很優秀的鍊金術師，只是很不會做生意而已——啊，說到做生意，蜜絲緹，我見到雷尼了。我想順便通知妳信也已經交給他了。」

『太好了，幸好他還在南斯托拉格。看來哥哥偶爾也會有立下功勞的時候嘛。』

「他這次立下的功勞可大了。因為最先到南斯托拉格通報格連捷出現傳染病的就是他。要不是他，我們大概會晚好幾天才開始採取行動。」

『……真的嗎？我哥哥竟然幫了這麼大的忙？』

「他好像是一發現當地有出現傳染病的徵兆，就趕過來通報了。我也沒料到他會這麼機警——不對，說『沒料到』好像還滿失禮的。」

『不，我不覺得學姊這麼說很失禮。不過，呃……那個……』

蜜絲緹直截了當地表示我沒說錯，接著又支支吾吾的，像是想問我什麼事情。於是我開口說：

「嗯，雷尼目前很健康。接下來會請他回船上，跟同船的人一起在海上隔離一段時間。如果沒有人發病，他們會直接開船到其他地方收購糧食回來。要是有人發病，我也會立刻幫他們治療，妳不用擔心。」

『我……我才沒有擔心他……謝謝妳。』

妳會這麼說，就表示妳其實很擔心他吧？

看來蜜絲緹意外害羞，真可愛。這讓我忍不住輕聲發出「呵呵呵」的笑聲。我接著換詢問蘿蕾雅其他事情。

「蘿蕾雅，約克村那裡還好嗎？有沒有什麼狀況？」

『我已經跟大家說過傳染病的事情了，還好村子裡沒有出現恐慌。安德烈先生他們也表示有自己幫得上忙的事情都會盡全力幫忙。』

『公共澡堂那邊也沒有問題。不知道是不是因為泡澡劑比較稀奇，每天都有很多人進去泡澡。雖然應該也有一部分是因為澡堂才剛開放。』

「滿有可能的。希望大家可以繼續保持洗澡的習慣……」

公共澡堂在我離開約克村的那一天才正式開張，是真的才剛開放不久。

我本來還擔心大家不熟悉澡堂這樣的設施，搞不好會不敢嘗試，幸好只是我想太多了。只是，大家習慣公共澡堂之後會不會對洗澡失去興趣，又是另一個問題了。

『還有，艾琳小姐說會降低入場費一段時間。因為小村子萬一出現傳染病，將會影響全村人的死活。』

「可是……這樣好嗎？以後恢復原價不會被抱怨嗎？」

『她好像會公告是限期特價，還說大家只要體會過一次每天洗澡的好處，就絕對不會想回到不洗澡的生活了。說這也是一種穩固未來會有更多顧客上門的預先投資。』

「喔，我懂。像我也是天天都會在珊樂莎家洗澡之後，就變得很介意其他人的體味。」

「意思是想把採集家培養成常客嗎？也對，等大家習慣每天把身體洗乾淨以後，應該就會不喜歡身上總是髒髒的。真不愧是艾琳小姐，想得真周到。」

雖然大概還是會有人依然故我，但至少會讓那些人感受到自己不合群的壓力。

就算是習慣滿身大汗跟髒汙的採集家，應該也會覺得在大多數人都保持整潔的環境下只有自己一個人不乾淨很尷尬，而且到時候這種人不只在酒館裡容易遭受異樣眼光，還會更難找到願意跟自己結伴採集的夥伴。

「我自己是開店做生意的人，我也比較希望大家可以養成保持身體乾淨的習慣啦。」

『哈哈哈……畢竟採集家真的沒辦法避免弄得渾身髒兮兮的。』

『就是說啊！要不是有珊樂莎學姊做的空氣清淨機，老早就受不了了！』

「的確，珊樂莎那邊難免會有臭味問題。大家應該都是採集回來就直接拿去妳店裡賣了。我店裡就比較少不乾淨的客人，大概是因為南斯托拉格這裡是城市吧。」

其實有不少採集家會出入南斯托拉格，但這裡是以商業為主的市鎮。

似乎是因為渾身髒兮兮的走在路上會被人白眼看待，所以通常會先稍微整理一下儀容才去雷奧諾拉小姐的店賣東西。

「雖然我很喜歡約克村，不過也滿羨慕雷奧諾拉小姐那邊不容易有臭味困擾——好了，近況聊得差不多了，來討論我們幾個鍊金術師可以幫忙做些什麼吧。」

「可是，我們目前也幫不了什麼忙吧？現在頂多幫忙提供瑪里絲需要的材料，只是她這趟也帶上了我店裡每一種用來做鍊藥的材料過去，大概要等查出是哪一種疾病以後才會再要求多送新一批材料。」

『那我們現在是不是就只能先做些一般的鍊藥備用？——像是退燒藥、止痛藥，還有恢復體力跟預防疾病的鍊藥。』

艾莉絲一聽到蜜絲緹的提議，就像是驚覺到什麼事情般看向我。

「我受重傷那時候，妳有讓我喝那個預防疾病的鍊藥吧？那種鍊藥可以用來預防這次的傳染病嗎？」

「應該會有一定程度的效果，可是——」

「很難讓每個人都喝到那種藥。妳們說的是給身體狀況不太好的人喝的抗病藥，對吧？庶民基本上買不起。」

「對。而且要領主出資買給每一個領民一樣不是可行的辦法，那一定會造成財政破口。再說，我們也不可能做出可以分配給所有人的量。」

抗病藥的價格差不多要庶民工作整整一年，才勉強買得起。

再加上它的藥效不長，如果需要定期添購這種鍊藥，絕大多數人都會在染病之前先餓死。

「妳可以先加強收購藥材類的材料，以備不時之需嗎？」

『知道了。可是，珊樂莎學姊，無限量收購搞不好會浪費掉一些材料，沒關係嗎？』

「我相信妳有辦法解決這個問題。藥材有經過處理就可以保存比較久，妳應該知道怎麼弄吧？」

假如只有蘿蕾雅在，就沒辦法應付這個問題。

只要藉由抽出藥材當中需要的成分做成乾燥粉末，或是注入魔力促使藥材變質等一次加工方法，就能大幅延長保存期限。

雖然加工技術太差會白白浪費掉品質好的材料，但我相信蜜絲緹有足夠的技術。

「我也不會要妳做白工。至少這次花的經費跟人事費用我一定會從羅赫哈特的預算裡扣！」

說我公器私用嗎？不不不，怎麼能這麼說呢？這是我應得的報酬。

如果我是在洛采家領地，這些防疫工作就是我身為領主的義務。可是我現在是負責整個羅赫哈特的防疫工作，而我在羅赫哈特只是個代理領主。

我何苦為了其他領地的事情當個要扛下莫大壓力的義工呢！

「珊樂莎，要不要也請其他村子跟城鎮的採集家幫忙？約克村有很多來自其他地方的採集家，妳想請他們幫忙的話，他們應該也願意幫。」

那樣的確會更快收集到大量藥材，但是……

我有點煩惱該不該那麼做，陷入沉默。雷奧諾拉小姐搶在我想出答案之前否定這項提議。

「還是別那麼做比較好。還沒查出是什麼疾病就動員太多人很可能會引發恐慌。最快也要等擬定好對策以後再來考慮看看。」

「是啊。那我們現在能做的——」

「就只有等待更進一步的進展了。妳也只要好好坐鎮在這裡就好，順便學學怎麼使喚別人幫自己做事。至少得要避免自己被那個老伯當成好用的棋子。」

「唔。可是當初是妳叫我來的……」

然而，雷奧諾拉小姐卻毫不愧疚地回應我的抗議。

「因為南斯托拉格遭殃的話，我就沒生意好做了。需要妳幫忙的時候我可是不會猶豫的。」

原來我自己就是被使喚來幫別人做事的例子——！

「總之，妳就先把代理領主的工作壓到只需要核可文件，替自己留點做其他事的空間吧。妳抱著想反過來把一些工作推給老伯的想法會比較剛好。」

「知道了……那，蘿蕾雅、蜜絲緹，妳們只要比平常多收購一點藥材類的鍊金材料就好，其他一如往常。之後有什麼事情會再聯絡妳們。」

『好的。包在我們身上。』

『我也會努力鍊製備用的鍊藥。珊樂莎學姊，妳也要加油喔！』

「嗯，先再見了……呼。」

我在掛斷共音箱之後輕嘆一口氣，接著雷奧諾拉小姐就看著我問道：

「珊樂莎，我們談了滿長一段時間，妳的魔力會消耗太多嗎？」

「啊，不用擔心，這樣不至於有什麼影響。」

「哦，妳果然厲害。換作是我的話，就撐不了這麼久了。」

「畢竟我的特長就是魔力特別多嘛。」

共音箱的魔力消耗量很大，但是還遠遠比不上傳送陣的消耗量。

「再來就只能等瑪里絲回報當地情況了。希望她那邊一切順利……」

「她應該不會這麼快到格連捷，那裡離南斯托拉格有點遠——啊。雷奧諾拉小姐，格連捷應該也有鍊金術師吧？有沒有辦法請對方提供協助……？」

我對格連捷不熟，可是那種規模的城鎮不太可能沒有半個鍊金術師。我們是想盡早掌握疫情現況才會緊急派瑪里絲小姐去格連捷，可是說不定當地的鍊金術師早就掌握了更詳細的情報。

「那裡的鍊金術師搞不好已經查出是什麼疾病，也知道治療方法了——」

「還是不要期待那裡的鍊金術師能有什麼作為比較好。妳也知道格連捷地理位置很好吧？那樣的港都很容易收購到來自他國的鍊金材料，要轉手給國內其他地方也很方便。所以那個鍊金術師只要把鍊金材料轉賣給別人，就能輕鬆賺到不少錢。」

聽說格連捷的鍊金術師會想方設法驅趕其他想在當地做生意的同業，好獨占這份利益，而且完全不打算精進自己的鍊金術技巧。

「其實瑪里絲以前就是在格連捷開店。」

「什麼！瑪里絲該不會就是被那個鍊金術師害得生意做不下去吧——！」

艾莉絲氣憤大喊，不過——

「不，這倒跟那個鍊金術師沒什麼關係。」

「呃！她……她不是在格連捷開店嗎？怎麼會沒關係？」

「當然不是完全沒有受害，只是瑪里絲會欠債的最主要原因是她完全沒考慮到賺錢，只顧著做自己的研究。」

「可是，瑪里絲小姐這次去格連捷不會被對方干擾嗎……？」

「這點小事她自己有辦法解決吧。幸好對方是個淪落成平民的前貴族，還保有伯爵家千金身分的瑪里絲真的想排除他也不會多困難。畢竟瑪里絲去格連捷是要執行妳這個代理領主下達的命令。」

鍊金術師沒有義務服從領主的命令，但是她去當地調查屬於防疫對策的一部分。治療病患跟傷患是鍊金術師的重要職責之一，妨礙這項職責，就等於是跟國家的方針唱反調。

而且乍看很柔弱的瑪里絲小姐其實有能力應戰，身邊還有護衛跟著她。或許真的就如雷奧諾拉小姐所說，不必太擔心她的安危。這時，我忽然聽見有人敲了敲房門，隨後就看到雷奧諾拉小姐的搭檔菲利歐妮小姐從門後探出頭來。

「諾拉，現在方便打擾一下嗎？」

「菲，怎麼了？是午餐煮好了嗎？」

雷奧諾拉小姐看著窗外說出這番話。菲利歐妮小姐先是用有點受不了她的語氣反駁，再轉頭看向我。

「才不是。午餐才煮到一半而已。我是來找珊樂莎的。剛才有人來通知妳回領主宅邸一趟，說有訪客找妳。」

「訪客？這時候會是誰來找我……」

一般的事務報告應該找克蘭西就好……會是菲德商會的人嗎？

「對方沒有說是誰。看起來好像也沒有很急。」

「這樣啊。艾莉絲，我們先回去宅邸吧……啊，菲利歐妮小姐，謝謝妳幫忙轉達。」

「不客氣。珊樂莎、艾莉絲，妳們這次應該會很辛苦，要加油喔。如果途中突然不想花力氣處理這些事情了，也可以直接把責任全扔給諾拉來扛。」

我們一從椅子上站起來，菲利歐妮小姐就笑著對我們說了這樣的話。但也同時讓雷奧諾拉小姐一臉困擾，在看了看我跟菲利歐妮小姐之後說：

「菲，把責任全扔給我來扛也太誇張了吧……」

「妳年紀比她們多一倍，總要有點骨氣吧？我認為年長者有責任在出大事的時候出面當年輕人的擋箭牌。」

「這句話妳應該去跟那個老伯說才對……」

「那個老伯啊……他也一把年紀了，可能是故意避免太出風頭……但天曉得他什麼時候會突然一命嗚呼。」

「記得他差不多七十五歲左右了吧？——糟糕，他搞不好會死於這場傳染病。」

看她們兩個討論得這麼認真，我不禁插嘴說：

「那……那個，這種玩笑話其實很難笑耶！要是克蘭西在這時候過世，防疫一定會出現漏洞啊！」

尤其他這個年紀還真的不是不可能因病過世，很恐怖耶！

雖然他的魔力比較多，身體應該比一般人硬朗，但他也已經超過全國人民的平均壽命了。

「可能別讓他太常往外跑比較好。一個沒什麼人能頂替他工作的人病倒了會很麻煩——所以，諾拉，妳就盡全力協助他們吧。我會幫妳顧好店。」

「好好好，我會好好幫忙啦～珊樂莎，我之後會需要經常拜訪領主宅邸，妳先幫我跟守衛說一聲。妳應該願意允許我隨意出入宅邸吧？」

「那當然。我反倒求之不得呢。」

我沒理由拒絕她的要求，二話不說就答應了。

◇◇◇

「珊樂莎閣下，讓妳久等了。」

「爸……爸爸！」

「厄德巴特先生！咦？你怎麼這麼快就到了？」

我們剛回到領主宅邸，就看見厄德巴特先生跟大家都已經來了。

這裡離洛采家有點遠，我以為凱特去找他們過來也要晚一點才會到，完全沒料到會這麼早抵達。

可是他們似乎是藉由犧牲體力來換取速度。目前只有厄德巴特先生跟沃爾特先生看不出疲態，待在後頭的凱特跟其他十人左右的士兵都已經疲憊不堪——嗯？等等，那些人不是……

「跟著來的是我們在雪山上遇到的那些人嗎？」

「嗯，就是以前隸屬南斯托拉格第六警備小隊的那些人。因為他們是我們軍隊裡實力最堅強的一群人。」

他們過去在南斯托拉格接受過正式訓練，而在洛采家領地土生土長的士兵則頂多驅趕過野獸，等於只是有著士兵名號的一般村民。

聽說洛采家的士兵有接受前第六警備小隊的訓練，但好像還沒有人的實力可以超越他們。

「……從其他地方挖角過來的士兵比我們自己的士兵還強，說來也是有點沒面子。」

「這也沒辦法。您就當作是我們領地內和平到不需要訓練武力吧。」

沃爾特安慰起看起來有點不甘心的厄德巴特先生。我輕輕點頭向他們道謝。

「感謝你們從那麼遠的地方迅速趕來。這樣趕路應該很累吧？」

「的確是有一點。可是現在事態緊急，所以我們才會盡速做好準備，前來支援防疫。」

「謝謝你們願意積極協助。只是目前沒有什麼可以馬上指派給你們的工作……」

雖然羅赫哈特領地軍很缺人手，可是也不能突然就把洛采家的軍隊安排進他們的行列之中，偏偏洛采家軍隊的戰力不算強，我不放心讓他們單獨行動。

其實他們的人數派去支援建蓋貝贊浮棧橋很剛好，只是我們已經計劃好要從羅赫哈特領地軍裡挑適合的人選過去了。

這次洛采家帶來支援的士兵們大多比較擅長打鬥，安排他們去蓋浮棧橋有點大材小用。

凱特在聽完我的簡略說明之後大受打擊，雙手撐著膝蓋說：

「怎……怎麼會……虧我還跑得這麼賣力……」

「對不起，我準備離開約克村時也不太清楚詳細情況，害你們花這麼多力氣趕過來……」

「珊樂莎大人，您不需要放在心上。能隨時聽候差遣才是最重要的。凱特，妳是鍛鍊得不夠，才會累成這副德性吧？妳以後要侍奉珊樂莎大人好幾十年，怎麼能這樣就喊累呢？」

沃爾特以威嚴十足的肅穆神情對凱特說道。凱特半瞇起眼，瞪向自己的父親。

「我不像爸爸你們只跑一段路，我是從約克村跑到洛采村，中間也沒怎麼休息又接著跑到南斯托拉格耶。」

「那又怎麼樣？我以前可是能連續跑好幾天都不休息。」

然而，沃爾特這番炫耀卻是讓凱特的眼神更加冰冷。

「開始講起自己以前有多厲害，就證明你已經老了。」

「唔唔！」

「哈哈哈，你被反將一軍了啊，沃爾特。哪像我可是到現在都還有體力連續跑好幾天呢！」

厄德巴特先生看到沃爾特無法回嘴的模樣就拍了拍他的肩膀，哈哈大笑。不過，沃爾特隨即對他露出了跟自己女兒相去不遠的冰冷視線。

「這倒是不怎麼令人意外。畢竟我看厄德巴特大人常常在我處理文書事務的時候外出『運動』嘛。」

「呃唔！」

這次換厄德巴特先生被反駁到說不出話，甚至還遭到艾莉絲繼續追擊。

「唉……我是很高興看到你們三個這麼快就趕過來，但這裡不是洛采村，你們還是別在外人面前吵得太凶比較好。」

「「「…………」」」

三人聽到比自己年輕的艾莉絲出面勸架，便同時一臉尷尬地撇開了視線。

艾莉絲對他們這種反應聳了聳肩，轉頭看向我。

「話說，珊樂莎，要不要把那件事交給爸爸他們去調查？」

「那件事？」

「就是遺失的鍊器跟約瑟夫的事情。雖然應該不至於馬上危害到我們，可是一直放著不管，也會覺得有顆石頭懸在心裡面吧？」

「是沒錯，可是我不確定厄德巴特先生適不適合執行這樣的任務……」

「珊樂莎閣下。如果有什麼事情是我們幫得上忙的，就儘管說吧。」

既然厄德巴特先生都這麼說了，那我也不需要再多做猶豫。我決定接受他的好意，簡單說明詳情。他在聽完之後說：

「嗯，原來如此，這的確不是我擅長的領域。或許該由沃爾特跟馬迪森隊長來打聽消息會比較好。你們覺得呢？」

被厄德巴特先生詢問意見的沃爾特跟馬迪森立刻表示肯定。

「我認為我們應該接下這份任務。畢竟我們對疾病是一竅不通，但追查遺失物品或特定人物應該還能幫上一點忙。」

「我也持相同看法。幸好我在南斯托拉格認識不少熟人。現任的警備隊隊長——」

「是卡爾文。之前的隊長被免職了。」

我一回答馬迪森用視線提出的疑問，他就有點高興地笑著說：

「原來如此，現在的隊長是他啊。那傢伙是可以溝通的人……頂多現在跟他見面可能會有點小尷尬。」

「珊樂莎，妳不如就把這件事交給我們調查吧？」

「我想想……」

我可以調派的人員當中最適合找人的，應該是羅赫哈特的警備隊。

他們很熟悉這個城鎮，而且平常就跟居民之間有交流，比較容易打聽一些消息。只是警備隊本來就很缺人手，甚至不到原本應有的人數，隨便調派他們去執行別的任務搞不好會導致南斯托拉格的治安惡化。

考慮到這個問題，以前是警備隊，但現在不是隸屬羅赫哈特的馬迪森他們或許真的是最佳人選。

而且我也的確很在意那些被偷走的鍊器……

「那，可以麻煩你們幫忙追查嗎？我們目前掌握到的情報不多，晚點會提供現有的相關資料給你們。」

——幾天後，我開始陸續收到來自各方的情報。

不過，我也同時透過這些情報得知各地的情況超出了我的預期……

Episode 2.5

大顯身手

瑪里絲在離開南斯托拉格的兩天之後，順利抵達了格連捷市鎮。

隨行的護衛總共三人，其中一名女性護衛是團長的副官——梅琳達。

其他兩名男性護衛是實力堅強的軍中好手，名字叫做掃羅跟傑克遜。

三人的體力當然也是高人一等，然而他們不只一路趕路過來，還揹著不少鍊金術用品，臉上都透露出了疲態。

時間已經來到傍晚，唯一一樣揹著行李，卻顯得不怎麼疲勞的瑪里絲觀察起周遭，小聲表達疑惑。

「感覺乍看好像沒什麼特別的變化？」

這個時間本來就容易有不少來去匆匆的行人，但人們看起來絲毫不緊張，整個城鎮的氣氛完全不像面臨疾病威脅。由於距離傳出傳染病消息已經過了好幾天，本來以為情況會更糟的瑪里絲反倒覺得有點意外，同時繼續往城鎮的中心區域走去。

跟在後頭的護衛們也點點頭，出聲同意瑪里絲的感想。

「我也這麼認為，瑪里絲大人。那麼，請問我們接下來……？」

梅琳達的言外之意是「接下來是不是應該先找地方休息？」，可是瑪里絲並沒有察覺到這句話背後的意思，只是不斷四處張望，像是在找什麼東西。

「我們先去做研究的據點——」

「——！瑪……瑪里絲大人，您應該也累了吧？您要是太過逞強，搞不好會影響到日後的治療跟研究。」

瑪里絲並不是沒有體貼別人的心。

她只是注意力太過集中在一件事上時很容易疏忽，實際上她不只能夠理解護衛們不敢對身為貴族的自己講話太過直接，也會視情況配合別人改變行事方針。

「其實我是沒有多累——不過，我們先找間旅店休息吧。還是別在這種時候去研究據點，弄得要在半夜大掃除比較好。」

瑪里絲回頭看向急忙開口勸說自己的梅琳達跟其他兩名護衛，忽然在途中改口，並改走往附近的普通旅店。

這間旅店不算簡陋，卻也絕對不算高級。瑪里絲毫不猶豫地走進一般貴族不可能會想踏進一步的平凡旅店，迅速到櫃檯訂下兩間房間，再接著把其中一把鑰匙交給兩名男性護衛。

「你們可以先休息沒關係。看要吃晚餐還是喝酒都可以。只是我們明天一大早就要出發，別喝太醉了。梅琳達，妳今晚跟我睡同個房間。」

兩名男性護衛在接過鑰匙時向瑪里絲道謝，看得出他們也稍稍鬆了口氣。梅琳達在目送兩人離開以後對瑪里絲表達內心的疑惑。

「瑪里絲大人，您真的不介意跟我同房嗎？」

「有什麼好介意的？偶爾打呼或說夢話我還可以忍一下。不過，如果妳會磨牙，就麻煩妳想辦法改善了。」

「我……我才不會磨牙！……大概吧。目前還沒有人抱怨我打呼或說夢話。」

「這種事情其實很難當面跟對方說清楚喔。」

瑪里絲的同情眼光讓梅琳達頓時語塞。

「唔。假如真的吵到您——不對，這不是重點。您不介意跟我這樣的平民同住嗎？」

「妳是平民又怎麼樣？我可沒有心胸狹窄到會介意這種小事。我們別糾結這種事情了，先去房間裡吧。」

瑪里絲完全不打算等待回應，立刻走往房間。梅琳達也急忙跟上她的腳步。

◇◇◇

隔天早上，瑪里絲等人按照預定行程離開旅店。

昨天明顯很疲累的三名護衛因為攝取充足的食物跟一點點酒，並得以在舒適的床上休養一整晚，已經徹底恢復了活力。即使揹著沉重的行李，腳步還是顯得相當輕快。
「好，我們趕快把該做的事情做完吧。現在沒時間拖拖拉拉的了。」
「遵命。不過，您已經想好要把研究據點設在哪裡了嗎？」
「那當然。我做事可沒有隨性到完全沒有計畫。其實我以前在格連捷有一間工坊，現在是歸在師父名下。她這次特別允許我回來用那間工坊，鑰匙也已經在我手上了。」
瑪里絲的店因為債務，所有權已經轉移給債權人——也就是雷奧諾拉。但她並不缺錢。
雷奧諾拉反而是為了瑪里絲著想，才把店面扣在自己手上。她擔心放任瑪里絲經營鍊金術店會再次欠債，便決定藉此讓瑪里絲待在自己的管控之下。
所以雷奧諾拉並沒有轉賣瑪里絲的店，而是留著等瑪里絲能夠再次獨當一面時再還給她。這次等於是碰巧發揮了把店面留下來的好處。
「我們往這邊走！」
雖然所有權已在他人手上，也仍然曾經是自己的家。
不可能忘記自己家怎麼走的瑪里絲高興揮舞自己的右手，用幾乎是在奔跑的輕快腳步前行。
她手中還握著跟雷奧諾拉借的——在瑪里絲眼中是終於回到了自己手上的鑰匙。
「請……請您走慢一點！」
「瑪里絲大人！您走太快的話，我們會來不及保護您……」

「別擔心，這附近治安很好。」

即使瑪里絲表示不用擔心，也不改現在是非常時期的事實。再加上無法保證不會遇上任何預料外的事情，必須隨時保持警戒。這使得三名護衛連忙快步追趕。

「呵呵呵～如果這次能得出不錯的成果，師父一定會願意把這支鑰匙送給我～」

語氣稍嫌欠缺緊張感的瑪里絲就這麼帶著三人前往格連捷的中心地帶。

四人最後在商業區的某個角落停下腳步。

「我的店——看起來不是完全沒有變。果然還是有變髒。」

許久沒有回到此地的瑪里絲看著自己的城堡——應該說曾經屬於她的店。

這間店在嚴格來說是都市的格連捷裡，也算是位置非常好的黃金店面。

而且占地比珊樂莎的店更大，甚至還是三層樓的建築。

兩相比較之下，就能夠感受到兩人開店時的資本差距。然而說來諷刺，事業有成的反倒是資金較拮据的珊樂莎。

「幸好沒有人跑來搞破壞。」

她是在大約一年前離開這間店。由於這附近治安良好，雷奧諾拉也有請業者幫忙看管，整棟建築不見任何遭到破壞的跡象。

瑪里絲為此鬆了口氣，並立刻打開門鎖進入室內，打開窗戶。

「裡面也沒怎麼樣。不過還是積了不少灰塵，要先掃一掃才行。你們也來幫忙。」

瑪里絲說著便率先開始打掃。梅琳達等人見狀也急忙放下揹著的行李，動手協助大掃除，過程中沒有半句怨言。

雖然護衛或許不應該如此積極協助清掃工作，但他們的護衛目標不只個人戰鬥能力比他們更強，又是貴族兼鍊金術師，甚至是對抗疫情的關鍵人物。三人不可能膽敢違逆能力跟地位都比自己高的瑪里絲。

「環境愈不乾淨，人就愈容易生病。你們不想死的話，就多用點心打掃吧～」

三人就這麼在不曉得該算是鼓舞還是威脅的話語刺激之下，連續打掃了整整兩個多小時。一直到瑪里絲認為清理得夠乾淨，他們才把四個人一起揹來的鍊金術用具跟材料拿去工坊。

「各位，辛苦了。當士兵的人體力果然很好。」

瑪里絲露出心滿意足的微笑，慰勞三位幫忙打掃的護衛。傑克遜與掃羅苦笑著抓了抓頭說：

「哈哈，因為我們在軍中常常被要求把房間掃得很乾淨……」

「太髒還會被兵長揍一頓。」

「從軍就是會遇到這種不講理的事情，我們這些士兵真命苦。」

抱有相同意見的兩人互相附和，不過，某位一樣從軍的女性卻抱持不同想法。

她傻眼地嘆出一口氣，聳了聳肩，介入兩人的話題。

「你們兩個說這什麼話啊？隨時保持房間整潔就不會挨罵了，不是嗎？你們就是沒有打掃房間的習慣才會被揍。」
「梅琳達副官……可是，妳不覺得只要口頭告誡就夠了嗎？」
「難道你們剛入伍的時候就有乖乖服從長官的告誡嗎？要知道我們當長官的得先教下屬分清楚上下關係也是很辛苦的。而且你們是人，不是野生動物。」
「哎呀，原來當長官也很辛苦嗎？」
「是的。因為有不少自願從軍的人力氣比一般人大，會比較粗魯跟自傲。我們當長官的也沒有多餘心力溫柔教導新兵。尤其有些剛入伍的新兵連要怎麼打掃都不懂。」
「哈哈哈，的確。畢竟比較文雅一點的傢伙基本上都會去警備隊嘛！」
「等一下，傑克遜，我可沒有粗魯到像野生動物一樣，不要把我跟你混為一談。」
「……對了，你應該至少會乖乖去廁所大小便吧？」
「那當然。我不像最近那些會到處做記號的年輕人──等一下，你想害我講什麼奇怪的話啊！我們軍中沒有人誇張到連上廁所都不會吧！」
掃羅對傑克遜大力吐槽，引得梅琳達一臉受不了地說：
「瑪里絲大人，抱歉汙染到您的耳朵了。他們這樣其實還算好的，最近因為一些事情多了很多新兵，一想到之後還得費盡心思訓練那些新人，就覺得頭好痛。」

梅琳達才嘆氣說完這番話，就立刻露出彎起其中一邊嘴角的陰險笑容，補上一句低語。

「——呵呵呵，只是我也滿感謝那個『一些事情』讓某些人渣跟著消失了。」

「「噫！」」

傑克遜跟掃羅異口同聲地表達驚恐，卻也用帶著同情的語氣小聲笑說：

「我們也是很高興現在環境清新很多啦……」

「畢竟梅琳達副官之前被那些人搞得壓力很大。」

「原來領地軍也得面對不少內部問題啊。如果現在不趕時間，我是很想泡杯茶慰勞你們，但很可惜我們不能多浪費一分一秒。我們必須盡快外出調查。」

梅琳達等人一聽到瑪里絲這麼說，便立刻以一本正經的表情回應。

「遵命。我們應該先去哪裡調查？」

「傳染病的起源地會有幾種固定模式可以推測。以這座港都的情況來看，應該會是——」

「打擾了。」

「「「——！」」」

忽然，有一道來自第三者的聲音打斷了瑪里絲的話語。

嚇了一跳的護衛們隨即轉頭看向聲音來源，發現有一名沒有什麼特徵可言的平凡女子正站在店門口旁邊。

經過訓練且擔任護衛的梅琳達等人，很訝異他們竟然沒有注意到女子無聲無息來到附近，瞬間一臉嚴肅地同時握住武器。

「什麼人！」

梅琳達以凶狠的語氣質問對方，傑克遜跟掃羅則是改站到能夠保護瑪里絲的位置。然而瑪里絲卻顯得沒什麼緊張感，只是疑惑地看著那名陌生女子，開口詢問：

「哎呀？妳是……菲力克殿下的黑影嗎？」

「黑影？什麼黑影——咦？菲力克殿下的？」

不顧梅琳達等人有點難以置信——不對，是不想相信事實的反應，那名女子笑著肯定瑪里絲的猜測。

「您猜對了。您是鍊金術師瑪里絲．修洛特大人，對嗎？」

「沒錯。那妳叫什麼名字？」

「我只是一道黑影。請您直接稱呼我黑影三號就好。」

女子把右手斜舉到額頭前方，動作與語氣稍顯浮誇。不過——

「黑影三號……那就叫妳黑三吧。黑三會在格連捷，就表示菲力克殿下也在這裡嘍……？」

瑪里絲有點特別的反應讓這位黑三不太滿意，但她似乎也不打算為這點小事出言抱怨，直接回答瑪里絲的提問。

「對，菲力克殿下也在格連捷。只是目前遇上了一些問題。所以必須請您騰出時間，移駕到菲力克殿下暫住的旅店。」

「在這種時候遇上問題——應該也不用問是什麼問題了。我會盡快趕過去。」

瑪里絲立刻答應請求，並跑進工坊拿起裝滿錬藥的包包。

◇◇◇

黑三帶瑪里絲等人前來的旅店，明顯比他們昨晚住的地方高級許多。

至少是梅琳達、傑克遜跟掃羅這樣的平民住不起的等級，不過，論這間旅店的格調配不配得上皇族，卻也不太好說。

菲力克沒有住更高級的旅店是因為他不是公開外出，加上他本身不喜歡太過奢華，但梅琳達等人不了解詳情，自然是以摻雜困惑與懷疑的眼光看待黑三。

真的能夠信任這位陌生人嗎？梅琳達很猶豫是否該提醒瑪里絲保持警戒，瑪里絲則是絲毫不懷疑，甚至推著黑三的背，要她加快腳步。

「別慢吞吞的了，快點帶我去見菲力克殿下吧。」

「菲力克殿下的房間在頂樓……請修洛特大人的三位護衛在此稍待片刻。」

「可……可是……」

瑪里絲是他們的護衛目標，而且長官吩咐他們必須盡全力保護她。

原則上不應該離開瑪里絲身邊。

不過，假如黑三跟瑪里絲的說法為真，堅持隨侍在側就得跟皇族身處同個空間。

身為平民的三人其實很希望極力避免接觸皇族，也希望情況允許的話，能夠留在樓下等待。

傷透腦筋的梅琳達看向瑪里絲，交由她來做決定。察覺這道視線的瑪里絲大力點點頭，毫不猶豫地回答：

「別擔心。如果黑三真的想要我的命，我早就死了。」

「我不會做出危害修洛特大人的舉動……也可以保證修洛特大人能夠平安歸來。」

黑三的淡淡微笑反而激起了三名護衛的不安，然而瑪里絲完全不以為意，聳了聳肩說：

「總之，我很快就回來。你們就先在這裡的餐廳休息吧。看你們要吃或喝點什麼，只是要麻煩你們自己出錢了。啊，記得別喝酒。」

「我們身上沒多少錢，可能很難負擔這裡的餐費……我們會在樓下等您。請您務必小心。」

瑪里絲在稍稍鬆了口氣的梅琳達等人目送之下，走上通往頂樓的樓梯。

一進到房間，就傳來一陣聽起來很痛苦的呼吸聲。

這讓瑪里絲短暫停下了腳步，但她立刻發現躺在床上的某位人物，上前向對方低頭行禮。

「菲力克殿下，幸會。我是瑪里絲‧修洛特。」

「……感謝……妳願意……來這一趟。」

瑪里絲在聽到摻雜氣喘聲的這段話後抬起頭。

映入眼簾的是菲力克明顯臉色很差，臉頰也略顯消瘦的身影。

他在珊樂莎面前總是散發出難以捉摸的貴公子氛圍，如今卻已不復在，也沒有力氣坐起身。

瑪里絲見狀便瞇細雙眼，走到床邊以治療者的角度仔細觀察菲力克。

「臉很紅，還有流汗。呼吸看起來也不太順暢。菲力克殿下，您有感覺到哪些症狀？」

「頭痛跟發燒……呼吸也很不順暢。右手手指……也變得有點……不太好活動。我不確定跟我的病……有沒有關係。」

「我可以看看……您的右手嗎？」

菲力克點頭答應之後，瑪里絲就抓起他癱軟在床上的手，輕觸他的指尖。

「……感覺肌肉有點僵硬。您的手現在完全沒辦法動嗎？」

「幾乎……動不了。只有……手腕還勉強能動，可是也一天比一天……」

「雖然我還想再問問更詳細的症狀，但您看起來很不舒服。還是先進行治療吧。」

「您治得好菲力克殿下嗎？」

原本一直靜靜待在一旁的黑三激動地往前踏出一步，讓瑪里絲不禁用疑惑的眼光看著她。

「怪了，妳不就是希望我治療菲力克殿下，才會帶我來這裡嗎？」

「是沒錯，只是因為格連捷的醫生跟鍊金術師都束手無策，我才會覺得很意外。」

「別拿我跟那些不成材的傢伙相比。我可是個優秀的鍊金術師。附近這一帶只有師父跟珊樂莎小姐贏得過我——應該吧。喔，對了，如果把範圍擴大到更遠的地方，贏得過我的人就要再加上珊樂莎小姐的師父了。」

若知道她提到的三個人是誰，就能夠聽懂這段解釋；若不知道，肯定會聽得一頭霧水。

一般很難藉由這番話判斷瑪里絲的實力在什麼程度，使得黑三用眼神向菲力克詢問她是否值得信任。菲力克不發一語，僅僅是神情痛苦地點了點頭。

「不過，目前頂多減輕症狀，沒辦法達到徹底康復。畢竟我也不能隨便挑幾種鍊藥來治一種未知的疾病。黑三，麻煩妳準備幾個杯子。」

「好的。我馬上拿來！」

瑪里絲把從包包裡拿出的幾個瓶子放到桌上，接著量好每種鍊藥需要的劑量，再分別倒入杯子當中仔細攪拌。

「請您先喝完這幾種藥。這裡有退燒藥、止痛藥，還有讓呼吸比較順暢的藥。喝完一種之後要先等幾分鐘再喝另一種。」

「咦？要……要每一種都喝嗎？量看起來有點多……」

「這些都是藥劑，當然要每一種都喝。」

杯子不大，卻也不算小。

而這三個杯子都裝了八分滿的藥水。

就算裝的都只是普通的水，也不是每個身體健康的人都喝得完的量。黑三對突然強人所難的瑪里絲投以含帶責備意味的視線，但她一看到菲力克伸出左手，又連忙協助菲力克握好杯子，把藥喝進口中。

「殿下，您還好嗎？」

「沒……問題。這種藥……不會很難喝。」

菲力克在途中大口吸氣好幾次，才終於喝完第一杯藥。

並在喝完之後出言袒護瑪里絲，然而——

「不，那種藥很難喝，我只是加了會失去味覺的藥進去而已。」

「「…………」」

白費菲力克好意又破壞氣氛的一段話，讓主從兩人都瞬間陷入沉默。

瑪里絲完全不在乎這陣尷尬，把另一杯藥水遞給黑三。

「休息幾分鐘之後再接著喝第二杯。這一杯味道也不好聞，但您應該感覺不到它的臭味，還請放心。」

再接著喝第二杯、第三杯。

這段宛如苦行的服藥過程剛結束不到幾分鐘，菲力克的症狀就明顯好轉許多。最先消失的是不間斷的氣喘症狀，很快的，連泛紅的臉色也逐漸恢復正常。三十分鐘過後，菲力克甚至已經能夠自行起身。

不只是菲力克，連在一旁照料的黑三都不禁為如此驚人的藥效瞠目結舌。

「太神奇了。藥效竟然如此顯著……」

「殿下，如果沒有效果，就不是藥了。」

「妳這麼說是沒錯……只是先前喝的藥都沒有效果，我實在按捺不住驚訝。」

「的確。先前找的醫生跟鍊金術師都只開出價格昂貴，卻沒有任何效果的藥……唯一的好處是比修洛特大人的藥好入口。」

「畢竟本來就是良藥苦口。」

「您說的對。等菲力克殿下回到王都，那些傢伙一個都別想跑……」

「偏遠地區偶爾還能找到有良心的鍊金術師，但醫生都是這副德性。真傷腦筋。」

黑三小聲表達內心氣憤，露出陰險的笑容。瑪里絲並沒有對此多說什麼，而是以已經不抱任何期待的語氣肯定黑三的看法，並接著說：

「話說，既然您現在身體比較舒暢了一點，我想問問您染病的來龍去脈。講得愈清楚愈詳細愈好。」

黑三擋在用稍嫌強勢的態度逼近菲力克的瑪里絲面前，插嘴道：

「由我來說明吧。殿下，如果我有哪裡說得不對，再麻煩您糾正了。」

「好，沒問題。瑪里絲小姐，妳可以接受由她來說明嗎？」

「當然可以。」

瑪里絲只是想知道詳情，不在乎由誰來解釋。

她離開床邊，拉了一張放在旁邊的椅子坐下，隨後，黑三便開始講述詳細過程。

「那麼，就先從……菲力克殿下剛抵達格連捷的時候說起吧。那是大約十天前的事情。我們原本打算在隔天前往南斯托拉格，可是……」

「我那天身體就不太舒服了。」

菲力克跟珊樂莎他們走一樣的海路前往格連捷，然而他不像珊樂莎他們一路上都是好天氣，整趟航行大多在惡劣天候當中度過。

雖然不至於惡劣到連水手們都難以忍受，但對不習慣航海的菲力克來說無非是一段折磨。他就這麼在劇烈搖晃的船上與暈眩造成的噁心奮鬥長達數日，上岸時早已憔悴不堪。

菲力克與同行護衛認為隔天又要再拖著疲憊身軀搭乘同樣劇烈晃動的馬車，一定會吃不消。

於是，一行人便決定留在格連捷休息，等待菲力克的情況好轉。

「不過，單就結果來看，我們其實不應該在此久留。當時很難判斷菲力克殿下的身體愈來愈差是因為暈船，還是因為生病——」

「妳只要告訴我事實就好。」

「好的。菲力克殿下是在抵達港口的隔天開始發燒，並同時出現頭痛跟反胃的症狀，第三天則是開始出現呼吸困難的症狀。手指僵硬的症狀應該是第二天就開始了。」

瑪里絲以視線向菲力克確認是否無誤，菲力克也不發一語地微微點頭回應。

「唔～看來需要仔細區分哪些症狀是出自暈船或疾病……感覺除了反胃以外的症狀都是疾病造成的。不過，如果是在格連捷才被傳染，也太快就出現症狀了。會不會傳染源就在各位搭的船上？」

疫情到現在都還沒大規模蔓延開來，更不用說是十天之前。

即使菲力克確實因為疲勞而處在容易罹患疾病的狀態，染病到發作的速度仍然快得不尋常。

瑪里絲本來還天真地以為說不定找出傳染源了，卻遭到黑三否定。

「應該不太可能。我先前確認過同船的人有沒有發病，確定沒有其他人出現一樣的症狀。當時那艘船的船員曾提醒我們格連捷可能有傳染病……請問修洛特大人是要來控制疫情，才會造訪格連捷嗎？」

「沒錯！——等等，原來妳根本不知道我來格連捷的目的，就帶我過來這裡了嗎？」

瑪里絲用有點傻眼的眼神看著黑三。黑三面不改色地回答：

「因為您是鍊金術師。您此行的目的對我們來說並不是重點。尤其我們也急著想找到能夠治療菲力克殿下的人。」

「也幸虧妳願意來替我治療，我現在好多了。我之後也得好好感謝派瑪里絲小姐過來的人才行。派妳過來的人應該有掌握到傳染病的消息……是克蘭西嗎？」

菲力克這番話聽起來是想確認自己的猜測是否正確。瑪里絲在稍做思考之後，搖搖頭說：

「是珊樂莎小姐——不對，我不確定嚴格來說算不算她派我來的，但至少這次防疫對策的負責人是她沒錯。因為她現在還是羅赫哈特全權代理人。」

「原來如此。論權限的話，全權代理人的確會是最高負責人……看來我不小心讓她得扛下這份本來不屬於她的責任了。」

任命珊樂莎擔任全權代理人有一半只是方便給予她酬勞的藉口，因此菲力克有點意外克蘭西會一板一眼地照著規矩行事。

不過，克蘭西本來就是在菲力克的赦免之下，才免於在吾豔從男爵家被撤銷爵位時受罰，這也使他身處不能在行政上出任何差錯的立場。而且就算菲力克不介意，也不代表其他貴族願意抱持相同想法。所以即使完全按照規矩行事會增添珊樂莎的負擔，克蘭西仍然不得不這麼做。

「她好像有點不高興得大半夜從約克村趕去南斯托拉格喔。」
「哈哈……她之前也很積極幫忙處理盜賊問題，不想辦法補償她，我可能就要倒大楣了。」
珊樂莎還不至於對菲力克動手，問題是她的師父是奧菲莉亞。
要是奧菲莉亞誤會菲力克把珊樂莎當成道具使喚，天曉得她會怎麼報復菲力克。
單論地位是菲力克較高，但奧菲莉亞曾經擔任他的導師，導致菲力克至今在奧菲莉亞面前仍然抬不起頭來。
「話說回來，明明連實際遭遇疾病威脅的我們都沒有掌握到發生傳染病的徵兆，難不成這裡的代理官員其實很優秀嗎？看來我得改變對他的觀感了。」
「不，發現有傳染病的不是代理官員。聽說是欠了珊樂莎小姐一份人情的哈德森商會緊急趕去南斯托拉格通報的。」
「哈德森商會？菲力克殿下先前就是搭哈德森商會的船——但當然沒有向他們表明身分。」
「哎呀。這世界真小。」
瑪里絲的語氣略顯驚訝。其實目前王都附近只有哈德森商會有直達格連捷的船班。也就是說，想走最短距離的海路到格連捷，自然會選擇搭乘哈德森商會的船，說不上是巧合。
「那麼，殿下，接下來該和您談談您的病情，還有我之後會怎麼應對這種傳染病了。畢竟這才是我原本該處理的工作。」

「好，沒問題。反正藥效比預期的更好，應該很快就能康復——」
安心下來的菲力克對露出嚴肅神情的瑪里絲如此說道。
然而，瑪里絲卻打斷他這番話。
「現在只是暫時減緩症狀而已，等藥效過了，剛才的症狀又會再復發。」
「……是嗎？」
瑪里絲彷彿極為理所當然的說法讓菲力克難掩困惑，但她只是點個頭就接著說：
「那當然。如果只是比較嚴重的感冒，倒還可能喝完那些藥就痊癒了……」
瑪里絲沒有把話說到底，雙眼看著菲力克依然無法動彈的手指。或許有其他人看過這種病，但至少她從沒聽說過哪一種感冒能夠在短時間內引發這種症狀。
「剛才給您的藥因為材料的問題，很難長期調配同樣的藥來抑制症狀，而且會有害健康。所以我建議您改服用效果比較輕的藥，還有這種藥。」
瑪里絲拿出裝著不明黑色液體的小瓶子。
菲力克也不禁為這瓶乍看非常可疑的藥皺起眉頭。
「修洛特大人，請問那是什麼藥……？看起來比剛才的藥更詭異。」
「說我的藥詭異也太失禮了。這是可以避免症狀快速惡化的鍊藥！」
「您已經做出可以抵抗這種疾病的鍊藥了……？」

剛才的幾種藥確實有效，卻仍然無法消除黑三的疑心。

瑪里絲在黑三質疑的視線注視之下充滿自信地回答：

「對。這是我自製的錬藥。名字……就先叫它停滯藥吧。雖然不是針對這次的傳染病調配的，但它大概對所有疾病都有效。」

「「大概……」」

「請您每天服用兩次，一次喝一匙。雖然它有嗜睡的副作用，但它可以抑制手部的僵直症狀。應該吧。」

「「應該吧……」」

瑪里絲說得很含糊，使得菲力克與黑三兩人不禁異口同聲表達困惑，面面相覷。

「啊，也不可以喝超過一匙。過量可能會致命。」

「致命——！怎……怎麼能讓菲力克殿下服用這種藥——」

「很多真正有效的藥服用過量都會危害身體。這種藥只是需要比一般的藥更加注意一點而已。假如過量也不會有害，就絕對不可能是藥了。」

「您……您說的有道理，可是，能不能請您調配更針對這種疾病的錬藥——」

「我才正要準備研究這到底是什麼疾病。這也是我來格連捷的目的。還有，殿下，格連捷接下來會全面限制人員出入，避免疾病向外蔓延。所以請您繼續留在格連捷。」

「這……可是……」

黑三才剛出聲抗議，眼神就游移了起來，顯得不知該如何是好。

她心情上很希望盡快帶菲力克離開籠罩在傳染病威脅當中的城鎮，然而考慮到搭馬車去其他地方的風險，就很難肯定那會是正確的選擇。

這也是她陷入猶豫的原因。相對的，當事人菲力克則是相當冷靜。

「這樣啊。這是珊樂莎小姐的指示嗎？」

「是我個人的判斷。萬一殿下沒有痊癒，甚至因病過世，也是我一個人的責任。」

「修洛特大人，您這麼說太觸霉頭了——！」

「安靜。」

菲力克制止黑三，看向瑪里絲。

「瑪里絲小姐認為我最好留在這裡，對嗎？」

「沒錯！」

瑪里絲回答得毫不猶豫。菲力克閉上雙眼，在沉思一段時間後緩緩點頭，答應她的要求。

「……好，我會留在這裡，也會喝妳剛才拿出來的藥。老實說，妳來幫我治療之前，我已經在想自己剩下幾天能活了……妳很了解疾病嗎？」

「我自認至少附近這一帶沒有人比我更了解疾病了。對了，我希望各位可以改為暫住在我店裡，可以嗎？」

「如果那樣比較方便妳治療，我當然不會拒絕。謬——黑三，妳幫我把行李收一收，準備去她店裡。」

「居然連殿下都這樣稱呼我……遵命。」

自稱黑影三號的她聽到連菲力克都用「黑三」這個名字稱呼她，不禁露出了一瞬間的苦笑，同時也很高興菲力克已經有力氣開玩笑。她隨即懷著敬意低下頭，服從命令。

瑪里絲一走回旅店一樓就看見梅琳達等人神情緊張地坐在同張桌子前面，各自默默看著放在自己面前的茶。

三人沒有用餐，也沒有聊天，氣氛顯得有點詭異。對此感到疑惑的瑪里絲開口問：

「哎呀，梅琳達，你們只喝茶嗎？」

「瑪里絲大人——！您……您終於下來了……」

梅琳達抬起頭，眼神有如看到救星，卻也摻雜著少許責備。瑪里絲眨了眨眼，回答：

「畢竟治療過程不能馬虎，還要跟他們解釋現況，當然會花不少時間。」

「是……是沒錯，只是店員的視線……刺得我們如坐針氈。」

梅琳達垂下肩膀，仍保持沉默的傑克遜跟掃羅也同意她的說法，不斷大力點頭。

瑪里絲在頂樓待了好幾個小時。擔任護衛的他們不能離開旅店，也不能呆站在店裡，影響旅店做生意。

他們只好找位子坐下來，再點一杯最便宜的茶。然而他們只點一杯茶卻占著位子好幾個小時，使得店員的視線愈來愈不友善——

「所以我們一直很希望您早點下來……」

「那你們點些東西來吃不就好了嗎？」

「這裡的東西太貴了！——呃，其實也不是付不起，可是我們身上帶的錢有限……」

他們的經濟狀況並不拮据。

尤其梅琳達是團長的副官。但就算薪水不算少，能帶多少錢出門又是另一個問題。知道這次會在外地久留的三人雖然多帶了一點錢在身上，卻因為無法確定會待上多久，而不敢隨意揮霍。

「像我光是點這杯茶就很傷荷包了。」

「哎呀，軍隊沒有提供活動資金給你們嗎？」

「餐費必須自己負擔。上面會發一點出差費下來，可是還是很吃緊……」

「看來各位也滿辛苦的。不過，我有個好消息要告訴你們。菲力克殿下會幫忙負擔我們在這間旅店裡的所有支出。現在剛好是午餐時間，你們想吃什麼都可以，盡量點吧。」

「真的嗎？那——」

掃羅面露欣喜地開始考慮要點什麼餐，高興得幾乎要從椅子上站起來了。但瑪里絲打斷掃羅，提醒他不要高興得太早。

「喔，我先說，等你們吃完就要直接去調查了。記得別吃得太飽，弄得自己走不動喔。」

「我……我才不會吃成那樣！」

「──可惡，如果現在是晚上，就可以喝免錢的上好美酒了！」

掃羅顯得很焦急，傑克遜則是握緊拳頭，小聲表達不甘心。梅琳達傻眼地看著兩人，說：

「哪有那麼好的事。你們應該沒忘記自己的職責吧？我們基本上到這次任務結束為止都不可以喝太多酒，就算是晚上也一樣。」

「我……我們知道不可以喝太多啦，梅琳達副官。」

「對啊、對啊，我只是開個玩笑而已。」

「我倒覺得聽起來有點不太像玩笑……總之，你們能乖乖完成這次任務的話，說不定有機會領到獎金喔。」

「真的假的～？我入伍以後從來沒領過獎金耶。」

「應該不用擔心。現在的領地軍已經脫胎換骨了。」

梅琳達不曉得是不是連她自己都不是百分之百相信這番話，突然撇開了視線，假裝專心看起菜單。傑克遜跟掃羅對看了一眼，不禁嘆氣。

「……那我們就在這裡吃點好吃的，當作是預支獎金犒賞自己吧。不點酒的話……哪些餐點比較貴啊？這上面沒寫價格耶。」

「不對，傑克遜，你不應該用價格來挑，要挑好吃的東西才對吧？來格連捷這種港都就是要吃魚啊。在這裡可以吃到很新鮮的魚，不是那些難吃的要死的鹽漬魚耶。」

「我就點甜食來吃吧。真不愧是港都，有好多以前從沒見過的餐點。不知道哪一樣比較好吃……？」

三人平時不可能用私人時間來格連捷。

想趁這個機會吃點好料的他們睜大眼睛，努力想挑出菜單上的美食。相對的——

「我要這個、這個，還有這個。」

瑪里絲則是毫無顧忌地挑選所有自己想吃的料理。

四人用完餐後的第一個目的地是港口。

港口乍看一如往常——其實他們也不曉得平時是什麼情況。他們一邊看著不像有任何異狀的港口，一邊小聲討論。

「看起來還沒開始限制出入港。」

「我們趕路的速度比軍隊快，他們大概還沒到這裡。」

實際上，軍方的先遣部隊已經到格連捷和代理官員進行協議了，只是目前人手不足，直接強行封鎖格連捷很可能引發混亂。

他們為了避免引發混亂，決定等主部隊抵達以後再開始進行封鎖。

「瑪里絲大人，您認為疾病是從港口傳播出去的嗎？」

「如果疾病是來自外地，就很可能是透過船傳染進來。因為港口裡會聚集來自各地的船。不過……果然不是從這裡散播開來的。」

其實瑪里絲本來就不認為疾病是透過船進入格連捷。

推測在最早期發病的菲力克幾乎確定是在格連捷遭到感染。

如果有其他感染者在他抵達港口前來到格連捷，雷尼就無法及早掌握消息，也不會到南斯托拉格通報疫情。

「我來這裡只是要確定我的推測沒有錯。接下來要去的地方才是重點。」

「重點？」

「當然只會是那裡，跟我來！」

自信滿滿的瑪里絲帶著三人前往港口附近的某處，也就是格連捷的窮苦人家居住的區域。

雖然不至於被稱作貧民窟，但這個區域的建築物大多很破爛，偶爾看見的路人穿著也不太乾淨。梅琳達等人走在路上保持警戒，瑪里絲則是疑惑地觀察起周遭。

「這裡怎麼變得比以前冷清了？」

「瑪里絲大人，您很熟悉這一帶嗎？」

「我住在格連捷時偶爾會來這附近——話說回來，記得這裡有一陣子完全沒有船入港吧。」

住在這一帶的人大多沒有固定工作，都是藉著在港口從事裝卸貨人員的主要業務跟雜務餬口。就算只是短期沒有商船入港，仍然會對大多生活總是有一餐沒一餐的這些人造成不少影響，甚至是攸關生死的嚴重問題。

一直到最近珊樂莎造訪格連捷促使港口得以繼續接受商船入港，才終於有好轉的跡象。然而，這附近的氛圍實在感覺不出過往的活力，反倒能聞到海風當中摻雜著難以言喻的惡臭。

「以護衛的角度來說，實在不太希望護衛目標在這種地方久留。」

「不如說，就是因為要來這種地方才需要護衛。」

梅琳達跟瑪里絲說的都很有道理，而如果以階級論事，當然是後者較有利。

瑪里絲不理會不時來自路上居民們的異樣眼光，大步往更深處走去。

「瑪里絲大人，我們要去哪裡……？」

「我要去拜訪一個認識的人。他以前曾協助我做研究。」

她的研究著重於治療疾病的方法。這附近的居民——雖然這麼說不太好聽，但他們較容易罹患疾病，非常方便她做實驗。而居民們也能藉此得到免費的治療機會，所以這其實是一段基於雙方同意之下的互助關係。

「就是這裡。希望他在家……」

瑪里絲在一間跟附近建築物一樣破爛的房子前面停下腳步。

梅琳達很訝異瑪里絲這樣的貴族曾來過這種地方，同時制止瑪里絲繼續靠近那間房子，由自己代為敲門。歪斜的門被敲得大力搖晃。

這扇門明明沒有被敲得多大力卻幾乎快要倒下來的模樣，使梅琳達懷著不安的心情等待回應。不久，房子裡就傳出動靜，以及一句質疑。

「……是誰？」

「是我，鍊金術師瑪里絲。」

瑪里絲這麼回答聲音沙啞的男人之後，裡頭傳來了一道似乎是訝異得倒抽一口氣的聲音，門也隨之敞開。

「瑪里絲大人！妳的店不是倒了嗎？——你們是什麼人？」

從門後探出頭來的是一名年約五十歲的男子。他結實的身體曬得黝黑，長相較為凶狠。圍著瑪里絲的三名護衛激起他的戒心，使他往後退了一步。

「他們是我的護衛。我想問你一些事情。」

「……我不可能會不答應瑪里絲大人的要求。雖然我家很破舊，不過你們先進來吧。」

雖然男子家中跟屋外看起來一樣老舊，確實可以用「破舊」來形容，然而室內環境相當整潔，不會讓人感到髒亂。

「看來你好像有乖乖打掃家裡嘛。」

「畢竟瑪里絲大人千叮嚀萬交代我一定要保持環境整潔啊。我好不容易才撿回一條命，當然不會想再害自己面對生死關頭。妳想問我什麼事情？我知道的事情不多喔。」

「我想問你傳染病的事情。這附近應該有不少人感染吧？」

「哦，虧妳知道這附近有傳染病啊。明明做官的那些傢伙都沒有想管的意思。我看他們根本不在乎我們這些窮人的死活吧！」

「你這樣自以為是受害者也無濟於事。我比較希望你講講傳染病的詳細情況。」

瑪里絲完全不對一臉不悅地咒罵執政者的男子表示同情，直接要他進入正題。這讓一旁的梅琳達等人捏了把冷汗，然而男子並沒有對瑪里絲的態度感到不滿。

「嘖。瑪里絲大人還是跟以前一樣啊……我想想，我只能講我知道的消息，可以嗎？」

「當然可以。麻煩你盡可能講得詳細一點。」

「其實我知道的不多……最早是大概二十天之前有個小孩子因為發燒病倒了。這在我們這一帶不算少見，所以當時大家都不以為意。」

不過，情況在短短幾天後出現了變化。

那名幼童的病情沒有好轉，感染者也在他病逝後逐漸增加，導致這一帶的居民紛紛討論起傳染病的話題。

「我也是差不多那時候才知道有傳染病。我本來以為是因為最近剛好氣溫開始下降，才會流行這種比較凶一點的感冒，可是……」

不久後，居民們開始察覺這種疾病實在不像一般感冒。

首先是這種疾病的死亡率非常高。

只要家裡有一個人感染，就會傳染給所有家人，並在一星期內全數病逝。

這一帶的居民容易營養不良，因為一場感冒病故並不是多稀奇的事情，但感染率跟死亡率還是高得不尋常。

發病到死亡期間的症狀也很特殊。

頭痛、發燒、呼吸困難、腹瀉——除了這幾種一般感冒也會出現的症狀以外，還有一種肢體末端肌肉僵化的奇特症狀。

患者會先從手腳開始無法動彈，之後僵化的範圍會逐漸蔓延到軀幹。

等軀幹部分也開始僵化時，患者就會在完全無法掙扎的狀態下受到劇烈疼痛折磨，最終在痛苦當中斷氣。

「不知道為什麼會有這種病就算了，我們也沒能力靠自己找出治療方法。我們根本拿這種病沒辦法。所以大家現在都躲在家裡祈禱自己的家人不會得病。老實說，我也不知道這幾天到底死了多少人。」

男子顯得相當苦惱，還嘆了口氣。瑪里絲見狀點點頭，說：

「這樣啊。那我想看看死者的家跟遺體的狀態。」

「妳瘋了嗎？——不對，瑪里絲大人本來就是這種人。當我沒說。」

男子非常吃驚，卻很快又傻眼地搖了搖頭。

「瑪里絲大人是我們的恩人，能幫上忙我一定幫。我一個倒楣的朋友也染上了這種病，他昨天死了。而且因為他單身，也沒人會幫他下葬——不對，不只是他，現在沒有人敢靠近得病的人住的地方。」

梅琳達藉著他這番話察覺到了一件事實，小聲對瑪里絲說：

「瑪里絲大人，這附近瀰漫的惡臭該不會是……」

「應該就是妳想的那樣。雖然情況非常嚴重，但我們現在還沒有方法可以幫助你們。」

「我也沒有替大家做點什麼，沒資格抱怨妳不能馬上處理這種病。我現在也是每天膽戰心驚的，深怕哪一天就輪我得到這種怪病。我可以告訴你們他家在哪裡。可是我也沒辦法多幫什麼忙了，你們自己進去他家看吧……」

「你幫得夠多了。話說，既然你知道朋友昨天過世，表示你這陣子都在一旁照顧他吧？」

「我怎麼敢在旁邊照顧他。我只能遠遠的看自己的好朋友慢慢病死。甚至無法替他下葬。」

要埋葬遺體，就必須先把遺體帶去郊外的墓園。

一般很難獨自搬動一個人的遺體，然而，在這種人人擔心遭到感染的環境下，也不可能有人願意幫忙。

男子一手摀住自己的臉，嘆著氣指向家門口。

「你們跟我來。他家就在附近。」

男子帶瑪里絲等人來到只跟他家隔著幾間房子的破舊房屋。

他指向明顯比自己家不整潔的朋友家，同時撇開了視線。

「抱歉，我可以先離開嗎？我……不想看。」

「可以。謝謝你帶我們來。」

「這點小事不用謝我。那我走了。」

男子說完就轉身背對眾人離去，卻只走了幾步，又回頭看向瑪里絲。

「瑪里絲大人，妳會不會其實有能夠治好這種病的——」

他吞回已經說了一半的話，搖搖頭說：

「沒有，沒事……妳覺得我們能度過這場劫難嗎？」

「我認為我們鍊金術師的工作就是要努力幫助大家度過這場劫難。」

「這樣啊……嗯。我會祈禱瑪里絲大人能夠找出治療這種病的方法，才不會讓這次變成我們最後一次見面。」

男子在聽到瑪里絲的回答後短暫閉上雙眼，隨後便帶著似乎變得比較沒那麼凝重的神情在眾人的目送之下離開。瑪里絲隨即轉身面向男子好友的家，把手伸進包包裡。

「那，我要進去調查了。你們不想進去的話，也可以待在外面等。」

她這番話讓梅琳達等人臉上顯現些許不安，但他們仍然選擇拒絕這份好意。

「我們不能讓您單獨行動，可是……真的不要緊嗎？就算我們都願意進去，也還有可能感染疾病的問題……」

「我沒說要毫無防備地走進去。你們先戴上柔軟手套。這種手套堅韌到一般便宜小刀砍不破，是很方便用來處理一些危險物品的鍊器。」

瑪里絲當然做好了萬全準備。

她把手套發給每一位護衛，再接著取出噴霧罐跟白布。

「再來是這個。你們要用噴了這種液體的布遮住臉。」

梅琳達等人一照著瑪里絲的指示用布遮蓋臉部，就立刻驚訝得睜大了雙眼。

「啊，雖然會有點吸不到空氣，可是幾乎不會聞到臭味了！」

「這個手套也好厲害，完全不會妨礙手指活動耶。」

「原來如此，這樣的話……」

「看來你們都準備好了。那麼，等等進去就麻煩各位幫點忙了。」

「「「……咦？」」」

瑪里絲的話帶給梅琳達等人不好的預感，異口同聲地表示錯愕。然而瑪里絲並沒有多加理會，而是直接走進屋內。

這當然使得梅琳達等人只能立刻跟上她的腳步。他們一進到屋裡，就為眼前的景象深深皺起了眉頭。

「也太髒了……一般男人獨居也不會把家裡搞成這樣吧？」

「我也覺得。連我都不會把自己房間弄得這麼髒。」

少少幾樣家具上都積滿了灰塵，地上還放著許多垃圾。

異常髒亂的環境很明顯不是單純因為生病所致，跟剛才那名男子家中的環境可說是天差地別。即使屋主招待別人進門作客，一般人也不會願意踏進屋內一步。

「在軍隊裡面要是把房間弄得這麼髒，早就等著受罰了——等等，瑪里絲大人呢……？」

這間房子只有三．六公尺寬。不需要特別去找，就能看到瑪里絲在哪裡。

她人在一扇敞開的門後，手碰著床上那道人影。梅琳達有一瞬間很猶豫是否該接近正在觀察遺體的她，但不曉得是不是對工作的責任心勝過了對病患遺體的排斥心理，最後還是決定朝著瑪

里絲走去。不過──
「呀──！」
一道竄過腳下的黑影讓梅琳達發出小聲驚呼。
「怎……怎麼了──呃，是老鼠喔。哇，居然還有蟑螂！」
「咦！你……你們快想辦法趕走──」
「啊，這樣正好。妳幫我抓幾隻過來吧。」
瑪里絲對嚇得顏面抽搐，不禁微微往後退的梅琳達提出無情的要求。
她甚至同時面不改色地遞出幾個小瓶子，讓梅琳達等人用手肘互相推擠，想把接下瓶子的責任推給對方。瑪里絲見狀感到不解，說：
「你們戴著手套，不用擔心被老鼠咬到吧？」
「是……是啊，哈哈哈……」
重點不在會不會被咬。
梅琳達等人很想把這句抗議喊出口，可惜他們處在無法違逆瑪里絲的立場。
最後是由三人當中階級最高的梅琳達接下小瓶子。
傑克遜跟掃羅則是被分配到另外一項工作──
「唔噫噫噫！就算知道不會怎麼樣……還是覺得好噁心。」

「你還算好吧？我可是要負責抓蟑螂耶！」
這是三人在沉默當中互相推託之下決定的分工。
傑克遜負責抓老鼠、掃羅負責抓蟑螂，梅琳達則是負責打開瓶蓋，等兩位男護衛把抓到的獵物放到瓶子裡再迅速蓋上。
結束這段等同精神折磨的工作的三人一臉嫌惡地拿著內容物正在不斷掙扎的瓶子，同時為終於到來的解脫鬆了口氣。不過，瑪里絲並沒有就此放過他們。
「啊，如果有看到其他蟲子或小動物，也順便幫我抓起來。」
「「「——！」」」
「抓……抓這些東西……應該不是沒有意義吧？」
「那當然。疾病常常會藉由老鼠、蝙蝠之類的小動物或蟑螂、蚊子之類的小蟲傳播。有時候體型更大的家畜也會成為傳染媒介，但目前可以先不管這個。要是沒辦法從這些動物身上找到疾病的根源，就很難找出這種疾病的解方了。」
「也是……我們會努力去抓。」
「「……嘔嘔嘔。」」
瑪里絲的要求有其正當性，甚至她自己還率先調查屍體。
梅琳達等人自然無法反駁，只能不情不願地趴在骯髒室內的地板上四處抓捕令人反胃的生物。等瑪里絲結束調查準備離開的時候，三人的神色早已憔悴不堪。

◇ ◇ ◇

菲力克在隔天抵達瑪里絲的店。

瑪里絲要求他待在三樓最裡面的房間。店裡的所有人都不知道房內什麼時候多了一張床，而菲力克是在路上較少行人的早晨時分被黑三揹著前來店裡。

一般大多會認為在早上拜訪很擾人，不過，瑪里絲並沒有因此感到任何不悅。她坐在躺在床上的菲力克旁邊進行診療，並在告一段落後向菲力克提問。

「殿下，您的症狀有什麼變化嗎？」

「我有服用妳昨天給我的藥，現在發燒、頭痛跟呼吸困難的症狀比昨天嚴重。瑪里絲小姐，妳昨天最先給我的藥——」

菲力克明顯比昨天瑪里絲離開當時還要痛苦，看著瑪里絲的眼神當中也充滿了求助，卻只換來瑪里絲直截了當的否定回答。

「我現在沒辦法給您一樣的藥啦～那些藥最少要間隔一天才做得出來，而且我手邊也沒有需要的材料。能不能弄到材料就要看師父——不對，要看珊樂莎小姐有沒有辦法提供。」

「這樣啊……另外一種黑色的藥有沒有效，就感覺不出來了。無法動彈的範圍應該沒有擴大……對了，我現在服用的藥有足夠的材料可以調製嗎？」

「止痛藥的材料剩比較多。如果只有殿下需要服用，還可以撐個十天。停滯藥就只剩下您那一瓶了。」

依然直截了當的話語讓菲力克不禁看向放在枕邊的小瓶子。

這個瓶子非常小，光是服用兩次裝在裡面的鍊藥，就已經明顯減少許多。照這個速度喝下去，絕對撐不了十天。

菲力克閉上雙眼，彷彿想逃避這份現實。他隨後低聲詢問：

「……停滯藥的材料也沒辦法馬上弄到嗎？」

「這當然也要看珊樂莎小姐什麼時候可以提供。不過，您願意多出點錢的話，說不定可以早日湊齊需要的材料喔。」

「好──黑三。」

「遵命。」

黑三遵照菲力克的指示拿出一個沉重的小皮袋。

「修洛特大人，麻煩您了。」

「好。」

瑪里絲接過黑三遞出的小皮袋，收進懷裡。

這樣的情景乍看像是在賄賂醫生，但這筆錢是瑪里絲應得的報酬，因此不存在任何問題。

「瑪里絲小姐，我想問妳一個聽起來有點心急的問題……關於這種疾病，妳調查出什麼新的發現了嗎？」

「我的確有調查出一些新發現。」

「「真的嗎？」」

菲力克這份不抱任何期待的提問意外得到肯定回答，使菲力克跟黑三異口同聲發出驚呼，還激動得不禁前傾身體，想追問詳情。瑪里絲接著說：

「目前還沒找出成因跟治療方法，只知道最早出現這種疾病的時間跟病程。第一個感染者是在二十天前發病的。對方跟殿下一樣有發燒、頭痛、呼吸困難、腹瀉、從肢體末端開始僵化的症狀。僵化範圍會日漸擴大，大約一星期左右會擴散到身體的重要器官。患者最後會在痛苦掙扎當中死去——不對，最後已經連掙扎都辦不到了。」

「太……太可怕了…………咦？一星期？可是菲力克殿下已經……」

黑三震驚得雙眼圓睜，臉上充滿絕望，然而她仔細數完菲力克發病的天數過後，很快又狐疑地皺起了眉頭。

「這跟個人體質差異有關。兩位知道魔力多寡會影響一個人的抵抗力嗎？」

「那麼，黑三沒有感染這種疾病——」
「應該是因為她的抵抗力夠強。不過，萬一您的抵抗力變弱了，症狀也可能會迅速惡化。建議您要按時服用停滯藥。」
「沒問題……我也希望妳可以盡可能繼續提供停滯藥，並盡早找出這種疾病的治療方法。」
「我正在努力研究～還因為研究得太久，弄得有點睡眠不足呢～」
順帶一提，瑪里絲能夠在一大早立刻幫菲力克診療，純粹是因為她一整晚都在分析昨天收集的生物樣本，至今尚未闔眼。
瑪里絲或許也累積了不少疲勞，打了一個大呵欠。隨後，她便開口提及心裡的某個疑惑。
「話說回來，雖然殿下當初因為暈船身體比較虛弱，但我還是有點好奇殿下怎麼會比大多數居民先染上這種疾病。您還記得有什麼事可能會是您染病的原因嗎？像是在路上受傷之類的。」
「……說到在來格連捷之後才發生的特別的事情，應該就是下船的時候差點被偷走錢包了吧。我當時暈船暈得很嚴重，連走路都走不穩。」
「所以您可能是在當時接觸到感染者，對嗎？黑三沒有阻止對方接觸到您嗎？」
瑪里絲認為憑黑三的實力，要在小偷接近菲力克之前先攔住對方並不是難事。黑三一臉懊悔地回答：
「因為菲力克殿下是私下外出，除非附近有非常明確的威脅，我才會就近護衛。後來當然還是有在對方得逞之前先行制止。」

「我們別端看結果來論事吧。這不是妳的責任。」

「是啊～真正有責任的是某個隱瞞身分外出的人。」

瑪里絲並沒有明說是誰，卻也幾乎等於直接講明。

王都的貴族基本上不會對皇族說這種話，使得菲力克不禁露出苦笑。

「瑪里絲小姐，妳講得好不留情啊。」

「反正我跟我家幾乎算是斷絕關係了，我就仗著治療者的立場來講真心話吧。您這樣讓珊樂莎小姐很困擾。」

瑪里絲目前仍勉強算是修洛特伯爵家的一員，但她已經二十幾歲了。

這表示她不太可能跟其他貴族政治結婚，所以她反倒認為自己可以利用這一點大膽行事，萬一真的不小心出了什麼狀況，再要求修洛特家徹底把她逐出家門就好。

實際上，瑪里絲雖然是在半被強迫之下幫菲力克進行治療，卻也不改她目前的立場相當危險的事實。

由於菲力克是私下外出，即使最後得以治療成功，瑪里絲也很難得到國家的重金賞賜。然而，若治療以失敗收場，她卻可能得因此賠上小命。雷奧諾拉曾說不用擔心會遭到重罰，但熟知貴族風氣的瑪里絲無法樂觀看待此事。

也因為喪命的風險不低，瑪里絲才決定不掩飾自己的真心話。

「那還真教人過意不去。我這次患病給妳們添了不少麻煩，看來我得好好審視自己的行為了——不過，我很意外瑪里絲小姐會是這麼優秀的治療者。雖然鍊金術師本來就會被要求擁有醫療知識，但應該沒多少人會像妳這樣以醫療研究為主……是有什麼理由嗎？」

瑪里絲聽到菲力克好奇詢問，便自豪地說：

「沒錯。我其實就是想幫人治療疾病，才會想當鍊金術師！」

「哦……應該也沒多少鍊金術師會有像妳這樣的動機吧？」

「應該吧。我小時候有個朋友因病去世，所以……」

瑪里絲半肯定菲力克的猜測，開始解釋動機，可她卻只講了一半，就突然陷入短暫沉默。

「……後來發生了很多事情，我就決定深入研究疾病了。」

菲力克沒有預料到她會直接以簡短的結論作結，訝異得眨了眨眼。

「妳省略了不少呢。我反倒覺得妳省略掉的『很多事情』才是重點。」

「如果殿下康復之後仍對我的往事有興趣，我會再跟您解釋詳細過程。建議您現在還是先好好休息，避免過度消耗體力吧。」

瑪里絲說完這番話後，臉上浮現了一道小小的微笑。

「您辛苦了，瑪里絲大人。」
「我有點累了～梅琳達，妳也辛苦了～」
梅琳達出言慰勞從三樓走下來的瑪里絲。
其他兩名男性護衛不在場是因為三人需要輪番看守，必須保有充足的睡眠。
「總之，菲力克殿下他們算是很不錯的病患。」
瑪里絲在小聲這麼說的同時把懷裡的皮袋拿出來，放到桌上。
接觸到桌面的袋子發出厚實的金屬聲響，使得梅琳達微微吊起右眉。
「……果然這種危急時刻還是有錢人會優先得到治療。」
她的話中摻雜著些許類似嫉妒的情緒。瑪里絲輕聲笑道：
「這很合理啊。畢竟藥材跟人力資源都不可能無中生有。先治療有錢人，就能用收到的治療費去買治療其他人的藥。可是，先治療窮人會沒有錢做其他事情。到頭來只會讓可以接受治療的人變少。」
聽完瑪里絲講述箇中道理，難以反駁的梅琳達只好嘆著氣說：
「……我知道。像我們士兵其實也不想來這種危險的地方。是因為平常就有薪水可領，才會想努力完成交付給自己的工作。」
「差不多就是一樣的道理。妳或許除了薪水以外，也是基於使命感跟善意在執行自己的工作，但是執政者絕對不可以期待每個人都有這樣的心態。因為人要有酬勞，才會願意替人做事——不對，就執政者的角度來說，是必須支付酬勞來激發別人為自己工作的動機。」

懷抱的理想再怎麼崇高，也是要有錢才能達成目標。

尤其瑪里絲曾因為太過著重研究而賠上自己的店，又更讓她深刻感受到錢的重要性。

「所以，我必須把這筆錢交給珊樂莎小姐。而且我也差不多該寫份報告給她了——」

「瑪里絲大人，您還是先睡一覺吧。您看起來很累……」

在近距離下可以看見瑪里絲的眼睛底下有明顯黑眼圈。

然而瑪里絲卻是一邊打呵欠，一邊拒絕梅琳達的勸說。

「我會用鍊藥再撐一段時間。現在需要搶快，不能浪費一分一秒。」

「可是——」

「早安——哇！瑪里絲大人，您該不會整晚沒睡吧？」

從二樓走下來的傑克遜打斷了才正準備反駁的梅琳達。

她對表情有點悠哉的傑克遜投以銳利視線，以幾乎是遷怒的方式說：

「嘖！傑克遜，你動作太慢了！」

「妳就饒了我吧～我們昨天也很晚才睡耶。」

「虧你敢在整晚沒睡的我跟瑪里絲大人面前說這種話。再說——」

「早——啊，我現在下來是不是有點尷尬？」

梅琳達的話語再次遭到打斷。她的銳利視線一樣刺向了出現時機略顯尷尬的掃羅，但瑪里絲搶在她之前先用柔和的語氣說：

「好了、好了，別吵了。我們就別管彼此什麼時候睡覺吧～梅琳達，妳也可以跟他們交接，先去睡一覺了。」

「……不，我想等瑪里絲大人就寢以後再去睡。」

由於彼此都是女性，梅琳達總是會在瑪里絲醒著的時候隨侍在側，傑克遜跟掃羅則是維持正常的生活作息。

這樣的分工方式也是為什麼梅琳達會堅持強忍睡意。瑪里絲一聽到她的回答，就緩緩揮了揮手，跨步走向工坊。

「是喔。那就隨便妳吧。我去寫我的報告書了～」

此時，忽然有人打開了店門。

走進店裡的是一名衣服有點骯髒，年紀大約二十五歲前後的男子。

梅琳達等人有事先察覺到外頭有人接近，並沒有像黑三造訪時那樣受到驚嚇，但還是刻意擋在瑪里絲跟陌生男子中間，避免來者不善。

「你有什麼事？這間店現在沒有營業了。」

絲。

「喔，你們不用這麼提防我啦。我只是有點事情要跟那邊那位大姊商量而已。」

男子微微舉起雙手，要語氣咄咄逼人的傑克遜放下戒心，並稍稍探頭看往護衛們身後的瑪里絲。

「有事情要跟我商量？是什麼事……？」

「妳是以前在我們那邊幫忙治病的人吧？妳可不可以行行好，給我們一點藥？」

這份突如其來的要求，讓瑪里絲以難得表露出明顯厭惡的眼神看向男子。

「……你願意付錢的話，我再考慮看看。」

瑪里絲這番話暗藏著「你真的付得出錢嗎？」的意思。男子厚臉皮地笑著回答：

「嘿嘿！可是我聽說妳以前幫人治療都不收錢的耶？」

「我以前幫你們治療也不是完全不求回報。只是剛好幫你們治療也對我有不少好處。你要是付不出錢，就乖乖離開吧。」

瑪里絲毫不留情的話語讓男子一時語塞，連梅琳達等人都不禁抽動眉毛，似乎是對她的態度感到些許驚訝。

「妳……我……我哪可能有錢。大姊，拜託妳幫個忙吧，我朋友被折磨得很難過。」

「誰管你啊。你如果平常省吃儉用，好好存錢，現在就不會沒錢買藥。」

「——嘖。要是有辦法存錢，我們的生活就不會這麼難熬了。妳這種過著好日子的傢伙哪懂我們的痛苦啊！」

瑪里絲面對男子的謾罵，依然面不改色——不對，她眼中的輕蔑反而更加強烈了。

「你願意努力總會有辦法，有人可是靠著努力從孤兒變成鍊金術師呢。而且你真的那麼想救朋友的話，就去借錢來幫他買藥就好啦。」

「可……可是……遇……遇到困難的時候，不是應該互相幫助嗎？」

「互相幫助？我倒覺得你這樣的人一輩子都不會有能力幫助我。只有蠢蛋才會期待別人好心幫助不願意努力的自己。」

如果真的很重視自己的朋友，就應該在要求別人無償幫忙前先想想自己能為朋友做些什麼。

被瑪里絲這番合理言論激怒的男子本來打算走上前，但一看到瑪里絲身旁的梅琳達準備拿出武器，反倒怕得往後退。

隨後，連傑克遜跟掃羅也捲起袖子，往前踏出一步——

「……可惡！給我記住！」

男子氣憤地留下這句話後，就大力打開門，倉皇逃出店外。傑克遜等人看到男子終於離開，才終於放下戒心。

「……呼。會不會是昨天瑪里絲大人過去的時候被他看到了？」

「有可能。不過……真意外您對他的態度這麼不留情面。」

不只是提出這道疑問的掃羅，連傑克遜跟梅琳達都用訝異的眼光看著瑪里絲。對他們這種反應感到疑惑的瑪里絲回答：

「我的確是想幫助受到疾病折磨的病人，可是我也沒有傲慢到認為自己救得了每一個人。我剛才也跟梅琳達提過，我們應該以付得起治療費用的人為優先。我舉個例子，假設你忍痛把本來努力賺來的酒錢拿去買藥，卻發現旁邊的人可以拿免費的藥，你應該也會很生氣吧？」

「這……的確會很生氣。如果那個人平常還老是亂花錢，我一定更生氣。會覺得他憑什麼拿免錢的藥。」

「對吧？雖然每個人付不起藥錢的原因可能都不一樣……可是我們也沒有餘力考量每一個人的苦衷。」

有些付得起治療費的人本來就家境富裕，有人是天天省吃儉用存錢，也有人是借錢來支付。即使無法得知錢的出處，也能透過治療費看出他們有心醫治自己的病。

就某方面來說，錢確實是一種非常簡單明瞭又公平的衡量標準。

「而且誰知道剛才那個人是不是真的有個生重病的朋友。」

「啊～我也是這麼想。我懷疑他搞不好是想把藥賣掉換成錢。」

「一直找藉口不付錢的人不值得信任。我自己缺錢時去買鍊金材料也沒有跟店家殺價。」

但她也因此欠下了一大筆債。

先不論她是否應該殺價，至少她的確應該克制用在鍊金材料上的支出。

「當然最好還是想辦法存多一點錢，避免面臨缺錢的問題……我去寫報告書。」

瑪里絲語氣稍嫌沮喪地小聲說了這句話，就動身前往工坊了。梅琳達在目送她離去之後用力拍了一次手，要自己跟其他兩名護衛繃緊神經。

「傑克遜、掃羅，你們也要保持警戒。以後可能會有更多那種人上門騷擾。這很考驗我們三個護衛的本事。」

傑克遜跟掃羅用動作俐落的敬禮回應神情嚴肅的梅琳達。

「「了解！」」

「而且三樓還有借住在這裡的王子——是說，王子只帶著一個護衛出門應該不太夠吧？」

掃羅說完便有點難以置信地看往樓上。梅琳達輕輕搖了搖頭，說：

「掃羅，你在說什麼傻話啊？怎麼可能只有一個人。」

「咦？可是……都沒看到其他人啊？」

「我有問過瑪里絲大人，她說只是我們看不到，應該至少還有黑影(黑一)一號跟黑影(黑二)二號在。」

「真的假的？其他護衛也在這間店裡嗎？」

掃羅開始四處張望，試圖找出看不見的護衛。保持沉默的傑克遜也皺起眉頭——兩人的反應讓梅琳達臉上露出苦笑。

「雖然我也看不出人在哪裡……但至少會在附近吧。」

「咦？如果真的就在附近，不可能完全感覺不到吧？不是我在自誇，我們也算很有實力的高手耶。」

梅琳達在掃羅的懷疑視線之下點點頭，接著說：

「不過，你們有看到菲力克殿下躺的那張床是誰在什麼時候搬上樓的嗎？我先說，我當然沒看到。」

——我們也沒看到。可是，應該是王子的護衛趁我們不在的時候搬上去的吧。

如此心想的傑克遜跟掃羅不禁面面相覷。皇族護衛這般充滿未知數的存在令兩人感到寒毛直豎，忍不住摩擦起自己的手臂取暖。

Episode 3

研究與開發

「情況……比我想像得更糟。」

「是啊，沒想到會這麼嚴重……」

我、凱特跟克蘭西圍著桌子，看往一張放在桌上的地圖。

地圖上畫出羅赫哈特跟周遭近郊的地區，上頭寫著從各地收集而來的情報，顯示出目前情勢相當險峻。

「看來我們有點太樂觀了。疫情蔓延的範圍比原本預料的還要廣。」

傳出疫情的除了最先通報的格連捷以外，還有羅赫哈特東南部跟附近領地。我們請當地領主調查過後，發現這些地方似乎也有出現傳染病的徵兆。

講得詳細一點的話，就是羅赫哈特南邊的吉普勒斯爵士領地、貝克子爵領地發現了確定感染的病例，位於南斯托拉格跟格連捷中間的費爾戈也有出現疑似染上這種疾病的病患。

幸好南斯托拉格還沒有傳出病例，但是照這個傳播速度來看，實在不太可能完全置身事外。說不定連接近羅赫哈特西方邊界的約克村跟洛采家領地都不能太過大意。

「糧食的收購好像也不太順利，對嗎？」

「對。我們派使者通知其他領主，似乎反而增加了收購糧食的難度。」

到附近領地收購糧食的菲德商會並沒有帶回漂亮的成果。

原因就如克蘭西所說，是我們派使者提醒其他領地注意疫情造成的。

所以不只是已經確定出現病例的領地，連還沒傳出病例的北部領地也因為領主擔心疾病入侵，開始限制糧食銷售。

如果只著重讓羅赫哈特保有充足糧食，或許等收購完糧食再通知其他領地會比較好，可是那種像是刻意欺詐的行為會讓羅赫哈特跟周邊領地交惡，也會阻礙這次的防疫對策。

「雖然會有點過意不去，但我們請菲德商會去更遠的地方收購糧食吧。克蘭西……」

由於菲德商會跟我有直接聯繫，我又只是暫時代管羅赫哈特，反而不方便主動挪用預算來貼補支出。

即使我沒有說明白，克蘭西依然毫不猶豫地答應了我的請求。

「好的，沒問題。我會交付足夠的額外資金給菲德商會。」

「謝謝你。還有，哈德森商會的船好像已經啟航了。關於浮棧橋——」

「已經在趕工了。應該可以在商船返航之前完成。幸好傳染病尚未傳入巴喀爾爵士領地內，工程才沒有延宕。」

聽說巴喀爾爵士二話不說就答應了我們的請求，看來要維持這層良好關係應該不是難事，太好了。因為那座沙灘真的滿不錯的。

希望等疫情過去以後可以再跟大家去那裡玩。

下次也順便帶蘿蕾雅跟蜜絲緹一起去……

——這時，凱特的一句話把有點在逃避現實的我拉了回來。

「各地現有物資幾乎跟資料上沒有出入，幾乎是唯一一個好消息了。」

「嗯。各地代理官員的工作態度似乎比我們預料中的還要認真。」

「就是真的幾乎沒有其他好消息這一點讓人開心不起來。」

南斯托拉格有克蘭西管理必要的物資數量跟目前缺乏的物資數量，資料上的數字跟實際上的庫存沒有任何出入，但其他城鎮跟村莊就不一定了。

羅赫哈特內總共有三座大城鎮，分別是南斯托拉格、費爾戈跟格連捷。村子則是包含約克村在內共有四座。小村子本來就不會有太多儲備物資，影響不大，所以重點在於費爾戈跟格連捷。

這兩座城鎮原本的代理官員也因為嚴重瀆職，在吾豔從男爵家被撤銷爵位時遭到免職，改由新的代理官員治理。不過，前任留下來的爛攤子不只有物資管理，連其他不少政務都是一團亂。

所以新上任的代理官員必須盡全力排除所有問題，讓政務回歸正常運作。

其中當然也包括跟儲備物資相關的政務。克蘭西先前按照秋季農作物預估收穫量來規定他們得在年底以前儲備多少糧食，而這次確認，才發現他們儲備物資的速度比預料中的還要快。

「似乎是因為前陣子盜賊肆虐，讓他們開始有了物流隨時可能因故受阻的危機意識。」

「那真是不幸中的大幸。不過，疫情蔓延範圍這麼大，要抑制疫情也會變得更困難。」
現在已經封鎖了格連捷，那是不是要連費爾戈一起封鎖？
南邊那條從南斯托拉格通往吉普勒斯爵士領地的道路，是不是也要禁止人員往來？
「要封鎖羅赫哈特裡的每一個城鎮嗎？那樣應該可以稍微減緩疫情擴散……」
「不，這個主意不可行。我們人手不夠。」
光是封鎖格連捷，就快超出了領地軍的負荷。
尤其現在派了一部分軍人去貝贊蓋浮棧橋，還得留下一些人應付盜賊或害獸等突發狀況，沒辦法再要求領地軍提供更多人力。
「老實說，現況幾乎是束手無策了。範圍太大，我們應付不來。」
我們事前構思的計畫有絕大部分都派不上用場。
可是，也想不出足以應對這種情況的好方法。
但我們還是得絞盡腦汁去想想可行的對策。正當我們不發一語地盯著地圖時，不久前決定去幫不斷用腦的我們買甜食的艾莉絲回來了。她手上拿著茶跟茶點，還帶著雷奧諾拉小姐一起來到了辦公室。
「珊樂莎，我買點心回來了。這是在比較高級一點的店買的。」
托盤上的點心外型很可愛，的確很像去咖啡廳會看到的高級點心。她把點心放到我面前，接著指向她身後的雷奧諾拉小姐。

「我剛好在路上遇到雷奧諾拉閣下，就順便帶她來了。」

雷奧諾拉小姐為艾莉絲很隨便的解釋露出苦笑，接著晃了晃她拿在手上的紙張。

「對，我順便跟過來了——還有，瑪里絲追加了一份報告過來。」

「雷奧諾拉小姐……妳有沒有什麼聽了會覺得心裡很暖的話題？」

瑪里絲小姐之前已經送了一份報告書過來。

報告中提及這次的傳染病帶有強烈毒性，一般人會在一星期內喪命，傳染力也非常強。還有提到她找到菲力克殿下，以及菲力克殿下也罹患了同一種疾病等大量看得我頭很痛的新情報。

大概只有瑪里絲小姐願意親自治療菲力克殿下這件事勉強算是好事吧？

我其實很疑惑讓一個擁有王位繼承權的皇族待在疾病肆虐的城鎮裡會不會冒犯到皇族，不過就先相信專家的判斷吧——我絕對不是想把麻煩事全丟給她喔。

「聽了會覺得心裡很暖的話題？我想想……像是瑪里絲遇到幾十個暴民妨礙她研究，一氣之下就把每一個人都揍昏了這種嗎？」

「等等，瑪里絲小姐也太誇張了吧！」

雖然瑪里絲小姐的實力本來就不會輸給一般人啦……可是她沒用上魔法，說不定當下其實很冷靜？

「就某種意義上的確是讓人暖到身子都熱起來了。明明瑪里絲大人身邊有護衛，格連捷也應該有警備隊……真不曉得格連捷的代理官員跟下屬有沒有在做事呢。」

克蘭西臉上的笑容不暖也不燙，反倒相當冰冷。

看來那三個護衛跟格連捷的代理官員都準備倒大楣了。

「我猜他們可能也很缺人手吧。光是南斯托拉格就開除了不少問題人物，會不會是格連捷的警備隊也還沒招募到足夠的兵力？」

艾莉絲的推測應該跟事實相差不遠。克蘭西咬緊牙根，很不甘心地說：

「可惡……要是這種傳染病可以晚一年才出現，就不會這樣了……」

「是啊，時機真的很不湊巧。晚一點才出現的話，就不關我的事了——！」

「啊，單就這點來說，反而該慶幸是在您還是代理領主的時候出事呢。」

「為什麼反而要慶幸啊！」

克蘭西居然翻臉比翻書還快。接著，他就苦笑著解釋他這麼想的理由。

「因為要不是有珊樂莎大人在，現在情況一定會嚴重許多。一想到我可能必須一個人面對這麼嚴重的疫情，就忍不住覺得毛骨悚然啊。」

「雖然這時候我應該說『我也很高興能幫上忙』，但其實我心情有點複雜。」

我也苦笑著回答他，接著向雷奧諾拉小姐提起剛才的話題。

「既然痛扁暴民會是讓人心裡很暖的話題，就表示報告書上的其他事情很讓人心寒吧……」
「是啊，報告上面還有提及很多事情，目前最嚴重的問題是遺體增加太快，來不及下葬。」
「埋葬遺體的問題啊……要避免傳染病蔓延，就得落實染病遺體的掩埋……只是這種事情說的比做的簡單太多了。」
應該任誰都不會想主動協助掩埋因為傳染病過世的人的遺體。
據說現在是士兵們基於上層的命令幫忙掩埋，可是他們也得維持城鎮治安，沒有辦法做到面面俱到。
「必須把遺體搬到郊外，再挖洞埋起來……聽起來的確滿累人的。如果是我們洛采村那樣的小村莊可能還好，可是格連捷那種大型城鎮的人口一定多上不少。」
「嗯，是啊。而且好像有些居民還反對把遺體搬去掩埋，因為會經過鎮上其他地方……我也不是不能理解他們會怕啦。」
雷奧諾拉小姐先是同意艾莉絲的看法，接著傷腦筋地垂下眉梢。
「其實還有一部分比較激進的人主張應該放火燒掉發生傳染病的區域。」
「連建築物一起燒掉嗎？他們明知道在住宅很密集的地方放火會有什麼後果，太瘋狂了！」
「就是說啊。不曉得他們是不是已經恐慌到連這麼簡單的事情都想不通了。」
「現在好像是因為有軍隊跟警備隊幫忙安撫他們，才沒有出大事……要是連那些激進的人也開始染病，可能就真的不妙了。」

雷奧諾拉小姐也同意凱特的這番推測，可是我們沒有任何方法可以立刻平息疫情，只能盡力而為。

「我們得先想辦法解決遺體的問題——啊，對了，我有個東西可以在這種時候派上用場。」

「咦？真的嗎？遺體來不及下葬的問題很少見，妳怎麼可能剛好有那麼方便的東西……？」

我對眼神盡顯懷疑的雷奧諾拉小姐大力點頭，表示自己不是在說謊。

正常絕對不可能會有這麼巧的事情。

可是，我真的就是莫名其妙有這種東西。

「這是師父送我的。說是不小心下手太重的時候，只要滴幾滴這種神奇的鍊藥，就可以讓一切都像從來沒發生過一樣。」

「奧……奧菲莉亞大人居然送這麼恐怖的東西給徒弟……」

雷奧諾拉小姐語氣非常驚恐。

我也這麼覺得。這種鍊藥絕對不是可以隨便拿來送人的東西。

但是師父當時真的就是給得很隨便！

「珊樂莎，那該不會就是妳之前用的那個吧？」

「對，就是那個。拿妳獵來的獵物做實驗那時候用的。」

照師父那種個性，她也有可能只是跟我開開玩笑。所以我在開始研究她送我的鍊藥之前先實際試用了一次，確認是不是真的有那麼強的效果。

實驗對象是艾莉絲獵來的一隻不能食用的野獸。我不知道該說牠很湊巧，還是很不巧是一隻猴子外型的魔物。

我滴了幾滴鍊藥在那隻魔物的屍體上……嗯，我得到了很驚人的實驗結果。

不過，也至少證明了師父並沒有說謊。

「咦？我怎麼不知道有這回事？」

「珊樂莎大人，原來您有那麼危險的鍊藥嗎……？」

「那時候剛好凱特不在。但你們放心，活人碰到這種鍊藥不會怎麼樣。」

我對克蘭西表示這種鍊藥對人體無害，並接著說：

「生物身上的魔力好像會讓這種鍊藥無法發揮效果。實際上不只是活人，連活老鼠碰到這種鍊藥都沒有產生任何變化。」

我找了幾種生物做實驗，發現比長條蟲大的生物都不會讓這種鍊藥發揮它的效用。甚至連在庭院裡抓到的蜥蜴都不會受到影響。

「所以，就算是魔力非常少的人也不用擔心，只要是活著的生物就不會有危險。」

「用這種鍊藥來處理遺體的確會輕鬆很多。可是——」

「對，這種錬藥也可以拿來做壞事。不能隨便發給居民使用。」

單純考慮遺體來不及掩埋的現況，確實應該把這種錬藥發給當地人使用。

可是，萬一這種錬藥在疫情結束後落到不懷好意的人手中，就會讓那種人可以在殺了人之後毀屍滅跡。

如果考慮到存在這樣的隱憂，我也不敢輕易主張應該用這種錬藥。雷奧諾拉小姐在沉思了一段時間後緩緩開口，說：

「……珊樂莎，妳會做那種錬藥嗎？」

「嗯，我會。因為我有研究過成分。只是要回我家才有辦法做。」

「也是。要是妳說那種感覺不能隨便外流的錬藥可以在我店裡輕鬆做出來，我反而會覺得心情很複雜。」

「哈哈哈……畢竟這是師父送我的錬藥，如果是我自製的錬藥倒還好說。」

錬藥跟錬器的製作配方是錬金術師的個人財產。

如果把錬藥跟錬器拿去登記，還順利登上《錬金術大全》，就可以名留青史；相對的，也可以故意不把擁有優秀效果的錬藥跟錬器配方公諸於世，藉此謀利。

我現在還不知道這種錬藥的配方是不是有寫在《錬金術大全》我還看不到的後面集數裡，又或者是師父自創的錬藥。所以即使雷奧諾拉小姐是我的熟人，我也不能讓她知道配方。

而且就算在確保只有我一個人的狀態下借雷奧諾拉小姐的工坊來製作，她應該也有能力藉由我用掉的材料來大致推測製作配方。

「那能不能麻煩妳先回約克村做一些給我？我跟瑪里絲會負責嚴格保管，避免這種危險的鍊藥落入別人手中。」

「這……我是不介意做一批給妳們，可是這等於妳們要負責處理遺體，沒關係嗎？處理人類的遺體應該滿不好受的……」

像我光是拿來處理猴子魔物的屍體都有點不舒服了。

更何況是處理大量的人類遺體。應該會造成不小的精神負擔。

「或許吧。但也總比把整個城鎮燒光好吧？」

「我覺得這兩件事不能這樣比……不過，真的有必要讓珊樂莎特地回去做這種鍊藥嗎？雖然用的人得承受精神負擔，可是做這種鍊藥也會造成珊樂莎的負擔吧？」

凱特看著我的眼神當中摻雜著困擾跟擔心。我微微搖頭，說：

「有必要用到的話，我就應該特地回去做這種鍊藥。好，我會做一批過來——那，克蘭西，我就先回約克村一趟了。」

「好的。畢竟我們現在能做的事情不多，坐鎮在這裡也只能想辦法避免陷入糧荒。這不會太難處理，我一個人應付得來。」

「那就麻煩你了。避免糧荒也是很重要的工作。」

未來這場疫情順利平息之後，人民也不可能立刻恢復以往的生活。

這場傳染病不只開始影響到農作物收成，也造成人口減少。若不想點應對措施，一定會有些聚落無法撐過這個冬天。

會請菲德商會跟哈德森商會收購糧食，有一部分也是考量到疫情結束後可能出現的糧荒。

「嗯，反正我們鍊金術師還是做只有鍊金術師做得到的事情會比較有效率。珊樂莎，妳還記得之前瑪里絲告訴我們的『停滯藥』嗎？」

「當然記得。是她要我們幫忙鍊製，再跟退燒藥一起送過去的那種鍊藥吧？」

不知道瑪里絲小姐是不介意配方外流，還是很信任我跟雷奧諾拉小姐，她之前聯絡我們的時候在信裡放了寫得非常詳細的自製停滯藥配方，並要求我們幫忙做一批停滯藥過去給她。

我當然不打算外流她給我們的配方，只是純粹很訝異她明明有機會利用自己開發的藥賺大錢，卻願意無償分享給我們。

「她好像開發出改良版了，又寄了新的配方過來。」

「真的假的？等等，瑪里絲是不是比我們想的還要更厲害？」

艾莉絲發出摻雜疑惑的驚呼。大概是因為瑪里絲小姐跟我們一起去雪山的時候常常給人笨拙的印象。雷奧諾拉小姐嘆著氣回答：

「那傢伙真的很優秀，只是很不會理財。這應該跟她從小在生活富裕的伯爵家長大有關。」

「很有可能。對了，新的藥有辦法根治傳染病嗎……？」

「好像還沒辦法根治。看起來是改善了一些缺點，但終究只是減緩症狀惡化的速度。不過，能在短時間內做到這個地步已經很厲害了。」

「缺點是指會讓睡眠時間變長的副作用，對嗎？」

「還有用藥過量的風險。她說改良版應該不小心多喝一點點也不會致死。」

「咦？我現在才知道有這種缺點耶。不小心多喝一點點就會死也太可怕了吧……」

而且瑪里絲小姐居然敢讓菲力克殿下服用那麼恐怖的藥。

光是要幫菲力克殿下治療就很有壓力了，原來她還做了這種等於在玩命的事情嗎？

「我覺得她應該也是有自信不會出事啦……只是換作是我的話，我絕對不會這樣冒險。」

「應該大多數人都不敢吧？我還真有點敬佩她呢。不過，看來那種藥是真的有效。」

「畢竟瑪里絲不想盡辦法讓菲力克殿下活命，後續會再冒出很多麻煩事。到時候連身為師父的我都會遭殃。」

「現在的問題是有多少人買得起她改良的藥。」

這麼說的艾莉絲神情嚴肅，凱特則是不認為有其他解決辦法，嘆了口氣。

「他們真的沒有錢買，我們也沒辦法啊。要是一個人夠可憐就可以免費領藥，我們也不會扛下一大筆債。尤其製作鍊藥的藥材也不是採集家願意去採集，就有無窮無盡的材料可以用。」

「我知道……珊樂莎，改良版的價格大概會落在多少？」

「呃，我還沒看新的配方……」

「在這裡。價格方面好像也有稍微改善。」

我看了看雷奧諾拉小姐遞給我的配方，發現要用到的藥材改了不少，確實可以把製作成本壓到比原版更低。不過——

「我們還是不可能做出足以分配給每一個領民的量。」

而且我們很難委託其他鍊金術師幫忙。

除了不能擅自公開配方以外，鍊金術師的技術也是一個問題。雷奧諾拉小姐說羅赫哈特內只有她、我跟瑪里絲小姐有能力穩定製作改良版的停滯藥。還說我們的預算跟能收集的材料有限，與其耗費成本指導其他鍊金術師，不如由她一口氣大量鍊製。

「所以，我認為我們的首要目標是避免疫情再繼續向外蔓延。」

還得利用透過停滯藥抑制症狀惡化爭取來的時間找出有效的治療方法。

目前沒有收到任何病患的僵化部位得以康復的消息，如果無法徹底治好僵化症狀，很可能疫情結束以後還是會有不少人無法工作。

「可是，問題在於現在還沒找出治療方法跟阻止疫情繼續蔓延的方法——」

「啊，還有最後一件事。瑪里絲找到非常有可能是傳染源的東西了。」

「「咦！」」「真的嗎？」

艾莉絲、凱特跟克蘭西發出驚呼，我也不禁激動得整個身體向前傾。雷奧諾拉小姐苦笑著把手伸進她帶來的包包裡面。

「光聽這個消息是會覺得很開心啦。只是我看到她一起寄過來的東西就不覺得開心了——你們要先做好心理準備喔。」

她把一個一隻手就握得住的廣口瓶放到我面前，也就是辦公桌上。

瓶子裡面裝著某種黑色的物體——

「嗯？雷奧諾拉閣下，這到底是什麼——噫！」

我照著雷奧諾拉小姐的忠告做好心理準備，跟瓶子保持一段距離。艾莉絲錯就錯在她為了看清楚瓶子裡是什麼，而靠近去看。

也難怪她會嚇得顏面抽搐，還發出小聲哀號。

因為那個瓶子裡面裝著無數的黑色昆蟲。

「這是蟑螂嗎？」

「看起來是。只是……我也沒看過這種蟑螂。」

站得比我更後面的凱特瞇起一邊眼睛，小聲提問。回答她的雷奧諾拉小姐雖然同意她的猜測，語氣卻也沒有很肯定。

「那……那些蟲就是傳染源嗎？」

「瑪里絲好像這麼認為。啊，我先說，你們千萬不要打開蓋子喔。雖然我們沒那麼輕易染上疾病，但其他人就不一定了。要是不小心讓疾病從領主宅邸往外傳遍整個南斯托拉格，可不是鬧著玩的。」

「我不會打開！絕對不會！可……可是……這些蟲是不是還在動啊？」

「因為牠們還活著啊。只是因為在假死狀態下被塞進瓶子裡，才不怎麼動。」

「——！」

艾莉絲臉上逐漸失去血色，我甚至有種可以聽到血流聲的錯覺。

「艾莉絲，妳還好嗎？妳不舒服的話——」

「沒……沒關係，我沒事。我沒事……嗯，先讓我待在這裡吧。」

艾莉絲走到了我身後。

她雙手放在我的肩膀上，戰戰兢兢地探頭看著那個瓶子。

「我也沒看過這種蟲，不過外型還滿像蟑螂的。是新品種嗎？」

「不知道，畢竟沒有人在研究蟑螂。」

連魔物都沒什麼人在研究，更何況是一般小蟲。

而且其實我也很久沒親眼看到蟑螂了。因為我家有具有清掃效果的刻印，還有蘿蕾雅在，環境乾淨到根本不可能有蟑螂出沒。

「話說，瑪里絲小姐也用不著裝這麼多隻給我們吧……」

——是故意想惡整我們嗎？是嗎？

她得在最前線對抗疾病，搞不好很不滿我們都坐鎮在安全的地方。

不知道是不是我的想法顯現在表情上了，雷奧諾拉小姐看著我聳了聳肩。

「不，她應該不是想惡整我們——雖然她寄了好幾瓶這種東西過來。」

「這怎麼想都是要惡整我們吧……？」

「總之，這不是重點。重點是忌避劑好像對這種蟲沒用。連防蟲面紗之類的鍊器都沒有效。而且普通的殺蟲劑好像也殺不死牠。」

「……真的嗎？不只單純的殺蟲劑殺不死，連鍊器都沒用？」

要是生命力這麼強的蟲愈變愈多，我就做不了生意了耶。

畢竟防蟲面紗跟驅蟲器都是約克村裡的熱銷品項。

「對。所以瑪里絲要我們做可以殺死這種蟲的殺蟲劑。雖然用劇毒就殺得死，但事情不可能這麼簡單，對吧？」

「是啊。如果要徹底消除傳染源，就要把殺蟲劑灑滿每一個角落。我們總不能讓人類聚落跟著傳染病一起消失吧。哈哈哈。」

凱特眼神焦急地看著輕輕笑了出聲的我。

「呃，珊樂莎，這很難笑耶。讓病患和潛在病患跟著傳染源一起消失不是在鬧著玩的耶。那樣就本末倒置了。」

「換個角度來看，也算是讓這場傳染病畫下完美的句點啊。」

「整個城鎮的歷史也會跟著畫下句點啦！珊樂莎，真的拜託妳不要下手太狠，搞得以後被人說當初把城鎮燒掉都還比較好。」

「我只是開玩笑。我不會自暴自棄到直接讓大家同歸於盡。」

我急忙揮手否定。雷奧諾拉小姐接著說：

「假如情況真的糟到沒其他辦法，也是可以考慮那麼做，可是我們還是要盡可能避免。」

「那……那麼危險的做法居然可以列入考慮，太無情了吧！」

艾莉絲訝異喊道，然而，在場沒有其他人附和她。

正當她在觀察其他人的反應時，克蘭西緩緩開口，說：

「艾莉絲大人，犧牲一個城鎮，也總比犧牲整片領地來得好。我們執政者有時候得忍痛做出這樣的抉擇。不過，假如情況真的惡化到那種地步，屆時就由我這個老人家扛下這個責任吧。」

「只是現在很多地方都出現這種傳染病了，犧牲掉一個城鎮也是於事無補。不過，先不論這次會不會面臨保大棄小的情況，至少在上位者不可能在出事的時候還有辦法逃避責任。」

「雖然我沒辦法同意妳的說法……可是珊樂莎的確是在上位者的立場。艾莉絲，其實我也不能置身事外——但萬一真的出了大事，妳得要當好珊樂莎的心靈支柱喔。」

「唔，嗯……我……我努力……」

在場的三位年長者對在我身後的艾莉絲解釋，放在我肩膀上的手也隨之顫抖了起來。

我輕輕握住艾莉絲顫抖的手，安撫語氣透露出畏縮的她。

「艾莉絲，妳不用擔心，我本來就打算極力避免讓情況惡化到需要面對那種抉擇。總之，我現在只要想辦法做出殺得死這種蟲的殺蟲劑就好了，對嗎？」

「對。至少要能夠殺死這種蟲。如果可以做出只對這種蟲有致死效果的鍊藥就更好了。」

雷奧諾拉小姐在回答我的同時，用似乎想表達什麼的眼神看向我的肩膀附近。我也刻意用銳利的眼神看著她，要她不必繼續說下去。

「我知道了。那我會一邊製作改良版停滯藥，一邊研究怎麼殺死這些蟲。這應該會是解決這次疫情的關鍵。不過，虧瑪里絲小姐有辦法找出傳染源是這種蟲耶，她到底是怎麼發現的……？應該很難在短時間內確定才對啊。」

因為必須要仔細調查複數案例，找出其中的共通點，建立假說，再對實際發生的結果進行驗證。一般應該會花上很長一段時間。

就算她早就預測到傳染源大概會是什麼，也未免太快就確定了……
「好像是多虧了一些自願上門協助的人，才能夠這麼有效率。說他們還奮不顧身地親自參與實驗。」
「該……該不會是人體實驗——」
雷奧諾拉小姐立刻以充滿壓迫感的笑容打斷我的話。
「珊樂莎，妳千萬別搞錯了。他們都是『自願』上門協助，知道了嗎？」
再……再怎麼樣也不會有人自願染上連治療方法都還沒研究出來的疾病吧——啊。
「會不會那些自願協助的人身上其實都有被揍到暈過去的痕跡？」
「天曉得？這我就不知道嘍。」
…………嗯，還是不要繼續追問比較好。我也不想知道。
我只要想想怎麼回報他們這份英勇犧牲就好。
「好。那我立刻準備回約克村。艾莉絲、凱特，妳們也趕快做行前準備。克蘭西，有什麼重要的事情記得聯絡我。」
「遵命。如果出現緊急狀況或是有新消息，我馬上聯絡您。」
我向低頭對我敬禮的克蘭西點頭回應之後轉過頭，看往雷奧諾拉小姐。
「雷奧諾拉小姐，到時候可能要麻煩妳幫忙轉達——」

「好，包在我身上。我一定會盡早聯絡妳。」

「拜託妳了。那我們動作快！」

突然降臨的一絲微弱曙光——

不想錯失這份希望的我繃緊神經，大力起身，準備展開行動。

◇◇◇

一看到莫名覺得睽違許久的自己家，我就忍不住跑了起來。

這次因為有凱特同行，我們沒有跑得特別快，最後是在晚餐時間之前抵達約克村。

我的店似乎已經打烊了，門上也掛著已打烊的牌子，但我還是直接打開店門，衝進裡面。

「我回來了～！」

「啊，珊樂莎小姐！妳回來啦。」

「珊樂莎學姊，辛苦了！」

大概是因為雷奧諾拉小姐有事先聯絡蘿蕾雅跟蜜絲緹，她們都還待在店裡笑著迎接我。

「嗯！我回來了！啊～果然還是回來家裡最舒服了～」

雖然南斯托拉格領主宅邸很豪華，可是還是自己家待起來比較安心。

我正在細細品味這種安心的感覺時，跟在我後面的艾莉絲跟凱特也走進了店裡。

「妳還真有精神耶，珊樂莎。哪像我已經覺得累了。蘿蕾雅、蜜絲緹，我們回來了。」

「畢竟回程跑得沒有去程的時候快，應該沒消耗她多少體力。我們回來了。」

「嗯，歡迎妳們回來。」

「兩位當珊樂莎學姊的跟班應該很累吧，辛苦了。」

「跟班……算了，這不重要。約克村這陣子有什麼特別的狀況嗎？」

我沒有聽說傳染病蔓延到約克村的消息，但還是決定確認看看。蘿蕾雅很開心地笑著說：

「沒有。採集家們反而還比平常更有精神，公共澡堂那邊也是生意興隆……艾琳小姐說公共澡堂應該有辦法繼續經營下去，村子裡的人也有點高興整個村子變得很有活力。啊，大家也有乖乖照珊樂莎小姐的建議洗手。」

看來艾琳小姐限期降價的做法奏效了，她果然厲害。

村子裡會沒什麼緊張感，應該是因為大家都沒有實際感受到傳染病的威脅。

尤其有些人一輩子沒有離開約克村，遠方城鎮發生的事情在他們心中一定比我想像的還要更像不同世界發生的事情。或許我應該為他們仍然願意配合感到開心。

「連採集家帶來賣的材料都特別多，害我忙得暈頭轉向。唉～」

蜜絲緹大嘆一口氣，垂下肩膀，人概是有點累了。

櫃檯上確實還擺著應該是剛收購的藥草、香菇等藥材，數量多到可以用堆積如山來形容。要避免放太久會腐壞的問題，就得在今天之內把這些都處理成方便儲存的狀態……

「那真是辛苦妳了。也謝謝妳願意盡力幫忙，畢竟現在藥材是愈多愈好。」

「珊樂莎學姊，我不介意妳送點伴手禮給這麼努力幫妳顧店的我喔。」

現在情況危急，她應該也不是真的期待我帶伴手禮回來。

所以聽得出她語氣偏向是開玩笑……但其實我真的有帶伴手禮回來。只是她應該不會高興收到這種東西。

「妳想要伴手禮啊？那我現在就拿出來給妳看吧。」

「「唔！」」

「「──？」」

艾莉絲跟凱特大概已經察覺到我想拿什麼東西出來了。

蜜絲緹跟蘿蕾雅則是看起來完全沒有頭緒。

我接著從包包裡拿出「那個瓶子」，放到櫃檯上。

艾莉絲跟凱特立刻把視線撇到看不見瓶子的方向。

相對的，蘿蕾雅跟蜜絲緹則是直直看向瓶子……

「咦？這是……」

「嗯～～？——！呀啊啊啊啊！」
蜜絲緹一靠近自己凝視著的瓶子就嚇得花容失色，發出的尖叫聲幾乎要撼動整間店的窗戶。
「蜜……蜜絲緹，妳這樣會吵到鄰居——不對，也沒有近到會吵到人。」
「妳、妳、妳、妳怎麼拿這種東西出來啊！珊樂莎學姊！」
「嗯？這個伴手禮只是有點少見而已啊。哈哈哈……」
蜜絲緹衝過來抓住我，大力搖晃我的肩膀。
「這個伴手禮太可怕了啦！伴手禮又不是只要夠稀奇就好！虧我還真的有那麼一點點期待會是什麼好東西，妳應該要向我道歉才對！這已經需要精神賠償了！」
我在搖晃的視野當中看見一旁的艾莉絲跟凱特也點頭贊同她的說法。至於蘿蕾雅——
「呃，珊樂莎小姐，我其實不太喜歡吃昆蟲……而且我聽說妳們今天會回來，就事先準備了不少好吃的東西，不需要吃蟲。」
「不太喜歡吃……蘿蕾雅，原來妳敢吃蟲？」
蘿蕾雅對震驚的蜜絲緹露出苦笑，說：
「啊……呃～珊樂莎小姐都特地帶回來了，可能至少吃個一隻吧。」
「那……那是蟑螂耶！」
「不，這些蟲長得跟蟑螂不一樣。只是剩下的要請喜歡吃蟲的人——」

「等一下、等一下，蘿蕾雅，這一瓶蟲雖然就某方面來說算是伴手禮，可是這不是吃的。這嚴格說起來是工作要用到的材料。」

我急忙把差點脫軌的話題拉回正軌。

我忘記約克村是個會有人吃蟲的村子了。

畢竟是真的有昆蟲料理，我也不是不能理解蘿蕾雅為什麼會誤會啦。

「啊，原來是這樣啊。太好了，我還以為這一瓶蟲會變成今天的點心。」

蘿蕾雅安心地鬆了口氣，但她這番話也讓艾莉絲跟凱特皺起了眉頭。

「就算再怎麼好吃，我一樣死都不會把蟲拿來當晚餐。」

「就算是用別種昆蟲當食材，我也一樣不敢吃。蘿蕾雅，妳千萬別把昆蟲料理端上桌喔。」

「別擔心，就像我剛才說過的，我也不喜歡吃昆蟲。」

其實艾莉絲跟凱特在之前腐果蜂那時候就吃過昆蟲了——而且還是生吃。

不過，這件事是只有我跟蘿蕾雅知道的祕密。

「幸好珊樂莎學姊是有常識的人。話說，原來這跟工作有關嗎？」

「對。我晚點再跟妳詳細說明，總之，我現在受託幫忙鍊製可以殺死這種蟲的殺蟲劑。」

「殺蟲劑？一般的殺蟲劑嗎？怎麼會特地找珊樂莎學姊這麼厲害的鍊金術師幫忙做？」

有些殺蟲劑的確是用鍊金術鍊製的，但應該不至於需要特地回來做——

還不知道詳情的蜜絲緹會有這種疑問很正常。

可是我們好一陣子沒一起吃飯了，我不太想破壞她們用餐的心情，決定先把瓶子收起來。

「先不論我算不算厲害的鍊金術師，總之，就是要做殺蟲劑沒錯。但我們晚點再談，現在先趁蘿蕾雅煮好晚飯前的空檔處理好這些藥材。蜜絲緹，我們馬上去工坊吧。」

「妳這樣講讓我有點在意……好，那就先來處理藥材吧。呵呵呵，好久沒跟珊樂莎學姊一起做鍊製工程了！」

「只是要替這些藥材加工而已，也沒什麼特別的吧？」

「可是我就是很高興可以跟學姊一起做一件事啊。不然我都好不容易當上學姊的徒弟了，妳卻常常不在店裡。」

蜜絲緹把頭撇向旁邊，看起來有點在鬧彆扭。

她說出口的事實讓我一時語塞，眼神也不禁游移起來。

「啊～這……嗯，對不起。剛好很多緊急狀況接二連三地來……」

「我知道學姊也是情非得已。而且之前連我自己都是害學姊得往外跑的原因之一。不過，我還是希望可以盡可能跟學姊一起行動。我是學姊的徒弟，對吧？」

蜜絲緹回過頭來，用眼神尋求我的同意。

「嗯，那當然。我會考慮……讓妳跟我一起行動。」

我也是真的覺得很對不起她。

只是現在必須面臨充滿傳染病威脅的危險環境，我沒辦法輕易答應讓她跟我一起去。

「那我們就先來處理藥材吧。啊，艾莉絲、凱特，妳們先去洗個澡吧。蘿蕾雅，晚餐就麻煩妳了。我也會盡快把事情處理完。」

「「好。」」

「嗯，我會做好吃的晚餐給妳們吃！」

我點頭回應立刻回答的艾莉絲、凱特跟蘿蕾雅，隨後就抱起櫃檯上的藥材，帶著明顯樂不可支的蜜絲緹前往工坊。

隔了好一陣子才終於又能五個人一起享受的用餐時光充滿了歡笑。

我們全力避免提及沉重的話題，免得浪費這一桌美味大餐帶來的好心情。

蘿蕾雅似乎是真的事先準備了不少食材，我們不只有她精心製作的料理可以吃，甚至還能享用點心。這滋潤了我們的胃，也滋潤了我們的心靈。

經過飯後的短暫休息以後，我們才開始談論正事。

「雷奧諾拉小姐用共音箱聯絡我們的時候，我有稍微問了一下現況……妳們應該不是因為已經處理好傳染病的問題，才會回來吧？」

「嗯。我得回來鍊製可以消除這種傳染病的藥劑——不對，嚴格來說是有可能成為突破口的藥劑。剛才給妳們看的瓶子也跟這件事有關——」

「啊，妳不用特地拿出來沒關係。」

我對搶先插嘴制止我的蜜絲緹露出苦笑，接著說：

「我不會在餐廳裡拿那個瓶子出來啦。我至少還是有這點常識的。」

那東西不應該放在餐桌上——而且我也不會想特地多看幾眼。

「太好了。雖然我也是鍊金術師，做好心理準備才看是還撐得住，可是我實在不想在吃完好吃的大餐以後看到裝滿蟑螂的瓶子——對了，蘿蕾雅，妳剛才是不是說那種蟲不是蟑螂？」

「對，只是長得很像而已——因為我以前常常看到，不會認錯。」

「「「啊……」」」

蘿蕾雅忽然撇開視線，感覺不太想回想起那些過往。這也讓我們同時理解到她這句話背後的意思。

不論打掃得再怎麼乾淨，都還是會看到那種可惡的臭蟲無聲無息地出沒在家中。

蘿蕾雅的家不像我家有刻印帶來的清潔功能，蟑螂出沒的情況想必不會太少見。

「而我們主要的目的有兩個。一是現在開發出可以減緩病情惡化的鍊藥了，能做多少是多少。二是要製作可以殺死剛才那種蟲的殺蟲劑。」

我簡略說完這次回來約克村的目的之後，蜜絲緹就驚訝得高聲說：

「咦？什麼？這次不是未知的傳染病嗎？現在就開發出可以減緩惡化的鍊藥會不會太快了？也太厲害了吧——一般應該沒辦法這麼快吧？」

「嗯，真的很厲害。而且開發那種鍊藥的是瑪里絲小姐。」

「「居然是瑪里絲小姐！」」

蘿蕾雅跟蜜絲緹異口同聲地大喊——不久，蜜絲緹就輕敲手掌，說：

「啊，應該只是剛好同名——」

「不，不是同名。就是我們認識的瑪里絲小姐。」

「哈哈，看來妳們也很意外。我懂妳們為什麼會覺得驚訝。」

「我……我不知道要怎麼判斷鍊金術師厲不厲害……」

她們的反應逗笑了艾莉絲，隨後蘿蕾雅就用求助的眼神看往蜜絲緹。蜜絲緹似乎也不知道該如何是好，直接開口問：

「那……那個……原來瑪里絲小姐其實是那麼厲害的人嗎？」

「她好像特別熟悉疾病方面的知識。論這方面應該比我還要專業。畢竟她有能力在這麼短的時間內找出這種疾病的傳染源——但就先不提達成目的的手段正不正當了。」

「比珊樂莎學姊專業……所以，剛才那一瓶蟲就是傳染源嗎？」

「對，那種蟲就是傳染源，要小心別讓牠們跑掉。要是不先整頓出一個絕對不會讓牠們溜出去的環境，大概也別想做研究了。」

就像雷奧諾拉小姐先前說的那樣，要是因為自己的疏失讓傳染病肆虐整個約克村，到時候再怎麼後悔都來不及了。

「居然要讓珊樂莎小姐來做這麼危險的事情……可是，一定要有人做這件事，對不對？」

「嗯。不想辦法消滅這種蟲，就沒辦法阻止傳染病繼續蔓延。」

「蘿蕾雅，妳不用太擔心，反正珊樂莎不可能會感染這種病，我們應該也不太容易被感染。對吧？珊樂莎。」

凱特出言安撫聽起來有點擔心的蘿蕾雅。

我其實很想說百分之百不會有事，讓她可以徹底安心……可惜這真的很難說。

「對，我們被感染的機率不高。而且妳真的不用擔心，我們有停滯藥可以用，再加上我也會優先保護妳。妳如果真的會死，就表示那時候羅赫哈特的人都已經死光了！」

「只剩下我一個人也很可怕耶！」

「畢竟我也不是聖人，救人的時候還是會有優先順序。即使有人說我自私，我還是會以自己的親朋好友為優先。」

蘿蕾雅一聽到我講得這麼肯定，就露出很複雜的表情，似乎是不知道該說些什麼。一旁的艾莉絲見狀用調侃的語氣問：
「那，如果只論我們四個人——」
「艾莉絲，人家在說正事，不要亂開玩笑。而且妳應該也不想受到打擊吧？」
「妳這麼篤定她的回答一定會讓我受到打擊嗎？」
凱特這番話讓遭到制止的艾莉絲大受打擊。
沒關係，我已經從「沒朋友的人」畢業很久了。
這段期間我當然也有一點一滴地學習怎麼建立和平的人際關係。
「別擔心，妳們在我心中都是第一順位！」
「「「…………」」」
「珊樂莎學姊，妳這種回答在情場上是最容易被情殺的人會說的話喔。」
蜜絲緹的語氣聽起來有點傻眼。
——奇怪？難道我的經驗還不夠嗎？還是我的「沒朋友」等級太高了？
「那，社交能力很好的蜜絲緹就是會去情殺別人的那種嘍？」
「不是。我是會幫珊樂莎學姊擋下攻擊，讓自己變成學姊心目中的第一順位的那一種。」
「哦，原來有社交能力的人會這麼做……社交好難啊。」
可是願意賭命救自己的朋友，應該是變成生死之交才對——

「等一下，這樣不太對吧！珊樂莎，妳別被她騙了。她那種做法心機很重耶！」

「蜜絲緹，珊樂莎不是妳很看重的學姊兼師父嗎？正常應該要先避免她真的出事吧……」

「可是蘿蕾雅也是我的朋友，妨礙她談戀愛不好吧？」

蘿蕾雅鐵定沒料到蜜絲緹會這麼說。

她明顯嚇了一大跳。

「咦！動手的怎麼會是我？我……我才不會想傷害珊樂莎小姐。」

「我會活用自己的社交能力，從朋友的角度引誘妳動手——不對，是提供妳建議的！」

蜜絲緹非常有自信地說出一段很不得了的話，讓艾莉絲跟凱特都露出了驚恐的眼神。

「太……太可怕了……真不愧是商人，心機比我想像中的還要更重！」

「我們這些鄉下小姑娘不可能是她的對手……」

雖然較年長的兩個人都舉白旗投降了，但最年輕的蘿蕾雅卻意外強悍。

她有點疑惑地看著蜜絲緹，說：

「呃，那個，我不在意自己是不是第一順位，而且我其實比較擔心蜜絲緹。蜜絲緹要跟珊樂莎小姐一起研究的話，就會直接接觸那些蟲吧？妳真的要小心一點喔。」

「——唔！妳……妳不用擔心，我對疾病的抵抗力也滿高的。」

蜜絲緹摀著胸口，彷彿蘿蕾雅的話對她造成了物理上的打擊。

「……看來鄉下小姑娘的純真剛好命中了傷人的要害。原來活用社交能力是這個意思啊！」

「原來如此，雖然被攻擊的不是珊樂莎，但真的成功引誘蘿蕾雅出手了。」

「也就是說，我現在袒護蜜絲緹就會變成第一順位了嗎？」

哦？這是漁翁得利的大好機會嗎？

「哪可能那麼簡單——等等。艾莉絲，妳聽這場爭執的元凶剛剛說了什麼。」

「我有聽到。我覺得我們可能得跟珊樂莎仔細談談正確的社交觀念了。」

「哎呀，我先去工坊做個防蟲的結界，為明天以後的研究做準備好了。」

有時候發現情況不對，就必須適時收手。

這一定也是種很重要的社交能力。

我靜靜從椅子上站起來，悄悄離開這座戰場。

◇◇◇

「好，蜜絲緹，我們今天就要開始盡全力製作鍊藥了！」

「了解！」

我昨天用一整晚的時間養精蓄銳，現在則是跟蜜絲緹一起待在工坊。

蘿蕾雅跟平常一樣在外面顧店，艾莉絲跟凱特也早早出發前往大樹海，幫忙盡可能多收集一點製作鍊藥需要的材料。

「我要派給妳的第一份工作是……」

「是？」

「……做瓶子！」

「出現了！每個鍊金術師去拜師學藝的第一份工作都是這個～」

明明講得很起勁，卻只是要做再平凡不過的事情。這讓蜜絲緹有點失望。

「抱歉。我其實也不太想讓妳做這麼單調的工作，可是這次真的很需要做瓶子……」

我的店會回收鍊藥空瓶，平常不太需要做新瓶子。

但這次是其他城鎮的人要用我們做的鍊藥，無法回收，所以只能大量製作新瓶子。

「我知道很需要做瓶子。只是我本來以為可以跟珊樂莎學姊一起做同樣的鍊製工程。」

「我們晚點可以一起研究殺蟲劑，現在就早點把該做的『改良版停滯藥』做完吧！」

「呃，一般沒辦法說要快就快吧——好吧，我知道了。學姊就盡快做好新藥吧。」

「包在我身上！」

我這麼回答放棄繼續多說什麼的蜜絲緹以後，她便走向玻璃爐，而我也回頭面對鍊金爐。

我們決定先著手製作改良版停滯藥。

我照著瑪里絲小姐寫的詳細配方來做，由於比原先的版本更好做，不會遇到什麼困難。

我把巨大的鍊金爐放到魔力爐上，再把材料放進裡面。

「我看看，這個庫存最少，其它材料的分量就配合它……」

配方上面寫的是一瓶需要的量。一瓶瓶做太麻煩了，所以我先算出目前庫存的材料最多夠我做多少瓶，再依照比例算出需要的材料量。

「……珊樂莎學姊，妳放這麼多進去沒問題嗎？」

「嗯？當然沒問題啊。幸好有妳幫我加工，讓我省了不少時間。謝謝妳。」

用藥草的萃取液來鍊製，一定比直接把藥草丟進鍊金爐裡輕鬆好幾倍。雖然萃取技術太差會有反效果，但蜜絲緹是值得信任的鍊金術師。

我不在店裡的這段期間她似乎是真的很努力，加工好的材料比我原先預料的還要多……有這麼棒的徒弟真教人欣慰。

「不客氣——不對，妳一次鍊製這麼多，萬一失敗了……」

「別擔心，我不可能會鍊製失敗！——至少一次鍊製這一點點是不會怎麼樣。」

「如果說這句話的是別人，我一定會笑對方說謊不打草稿。可是說這句話的是珊樂莎學姊就有可能是真的了。」

蜜絲緹露出了苦笑。

正在攪拌玻璃爐的她額頭上冒出大粒汗水，並順著臉頰流下來。

我先用毛巾幫她擦汗，再從櫃子裡拿出其他材料。

「只要能清楚理解鍊製難度跟自己的魔力量，就可以知道一次鍊製的量應該壓在多少才不會失敗。雖然也不是百分之百不會失敗，但要是因為害怕失敗就只敢一次鍊製一點點，可就做不了生意了。」

如果是閒到沒什麼事好做，當然還是可以非常謹慎地一次只做一瓶。

不過，假如一次做一瓶跟一次做一百瓶的鍊藥品質沒有任何差異，絕對是後者比較容易賺取商業利益。

用更有效率的方式鍊製可以省下時間跟魔力，自然就有時間製作更多商品跟研究鍊金術，還可以自己外出採集材料。

「我認為每一個鍊金術師都必須鑽研替自己製造更多時間跟金錢的技巧，才能更加進步。其實我也很想讓妳先吸收一些經驗……」

「我覺得現在的環境已經很不錯了。我曾聽說有些人會讓徒弟幫自己做瓶子跟碎魔晶石好幾年。真沒想到我才剛當上學姊的徒弟，就可以接下幫忙在師父外出的時候顧店的重責大任！」

「哈哈哈……這算好事嗎？」

——好，每種材料需要的量都算好了。

再來要一邊攪拌一邊注入魔力，然後把要在途中加進去的材料依序倒進去。
這次錬製需要的魔力量不多，但是注入魔力的方式有點特殊。
如果沒有足夠的錬製技術，說不定會很容易在這個階段失敗。
「唔，唔唔唔……好，完成了！」
「咦？已經好了嗎？我這邊還沒有那麼多錬藥瓶可以裝耶！」
「畢竟錬製比做瓶子省事……嗯，品質沒有問題。」
我從錬金爐裡盛起一匙藥水，它的顏色呈現半透明的綠色。
改良版的顏色絕對比黑到很可怕的初版還要容易讓人願意把它喝下肚。
「那，我也來幫忙做瓶子吧。」
「對不起，居然還要學姊來幫忙。」
「妳不用放在心上。如果我這裡有製作錬藥瓶的錬器就不用這麼辛苦了，可是我弄了一個可以省時省力的回收錬藥瓶機制，平常根本不可能需要做這麼多瓶子。」
我跟蜜絲緹肩併著肩，各自用模具製造錬藥瓶。
途中要適度用魔法冷卻，等降到常溫以後再把改良版停滯藥倒進瓶子裡。
順帶一提，可以這麼快倒進瓶子裡，是因為錬藥瓶用的玻璃材質比較特殊。
錬藥瓶因應忙碌的錬金術師要求，在歷史上經過數次改良，成型後除非突然放進水裡急速冷卻，否則不會破裂或變形。

這使得我們可以快速製作瓶子，卻也反而沒有時間休息，說起來算是有好有壞。

我們兩個汗流浹背地努力把鍊藥裝進瓶子裡，裝了好一陣子，才終於看到鍊金爐準備見底。

「這樣就……裝完……了～累死了～！好耶～！」

蜜絲緹把鍊藥裝進最後一個瓶子裡，在蓋好蓋子之後高舉著雙手歡呼，語氣聽得出來她很高興自己總算脫離苦海。

「辛苦妳了。我這邊……也好了！」

我在瓶子快做完之前把剩下的製瓶工作都交給蜜絲緹，改做其他東西。我把做好的這兩樣物品放到工作檯上。

這兩樣物品跟鍊藥瓶用的是同一種玻璃，大小跟單人用的水壺差不多大。

中間部分較細，比較方便用手握住，開口部分則是裝著噴霧頭。

「珊樂莎學姊，那是消臭藥的瓶子嗎？消臭藥賣得不怎麼好，不需要多做瓶子吧……」

消臭藥的瓶子也有噴霧頭。

蜜絲緹或許是曾看到店裡放著消臭藥，提出了這樣的疑問。

「消臭藥也是用回收瓶，不會用到這種尺寸的瓶子。畢竟這種尺寸很難隨身攜帶——順帶一提，還是有些客人會定期來買消臭藥喔。」

有些人比較在乎儀容，也有些人會擔心身上的味道造成別人的困擾，這些人都會定期來買消臭藥。

「總之，這不是要裝消臭藥的，是要用來裝我晚點要做的另一種鍊藥。」

「另一種鍊藥……殺蟲劑嗎？」

「不是不是。其實……」

我招手要蜜絲緹靠過來，壓低音量說：

「是消除屍體的藥——我就先簡稱分解藥好了。這個瓶子是要用來裝那種藥的。」

「什……什麼！——我先配合妳嚇一跳做個效果，妳忘記我早就知道這種鍊藥了嗎？是之前跟艾莉絲小姐一起用猴子屍體做實驗的那個吧？我那時也在旁邊看，有必要故意講悄悄話嗎？」

蜜絲緹的視線當中摻雜著傻眼跟疑惑，我抓了抓頭，回答：

「啊～因為這種東西的效果傳出去不太好聽，而且可以拿來做壞事，我不太想讓蘿蕾雅那樣擁有一般常識的普通人聽到。畢竟她也還沒成年。」

「……啊。她的工作表現太好，我常常忘記她還沒成年。原來如此，那我懂了。所以珊樂莎學姊昨天才沒有提到這件事嗎？」

「對，我故意不在她面前說。再加上這種鍊藥我已經做過了，不像我們的兩個主要目的還藏著未知數。所以妳也別說出去喔。」

「我本來就不會隨便跟別人說……可是，學姊真的要做這種鍊藥嗎？」

蜜絲緹應該也大略知道分解藥的危險性。

她眉頭深鎖地看著我，似乎有點不知所措跟擔心。

「當然要。聽說現在好像因為人手不夠，有屍體增加的速度快到來不及掩埋的問題，可是又不能放著不管。我其實也不太想用這種鍊藥處理人的屍體，但情況不允許我們顧慮那麼多……」

「的確不能把屍體放著不管。不然搞不好會同時出現其他傳染病。」

「是啊。」

尤其還有我沒跟蜜絲緹講的暴民問題，處理屍體這件事真的是個讓人頭痛的大麻煩。

「在疫情平息到可以讓大家正常舉辦葬禮之前，都只能這麼做了。不過，我們先去把身上的汗沖一沖，休息一下再回來做分解藥吧。」

「好。我也覺得身上黏答答的很不舒服。」

分解藥的鍊製難度比改良版停滯藥還要高。最關鍵的是它需要的魔力量比較多，就算是我這種魔力量比較多的人，也會想在獲得充分休息的狀態鍊製，避免失誤。

我跟蜜絲緹到浴室大致沖洗一下身上的汗水，再吃一吃蘿蕾雅幫我們準備的午餐，稍做休息。一直到體力、精神跟魔力都恢復得差不多，才開始著手製作分解藥。

「我們先來準備材料。蜜絲緹，這種藥的配方——」

我叮嚀蜜絲緹千萬不能把配方外傳，她也一臉嚴肅地答應我的要求。

「我知道。我絕對不會告訴別人。」

「嗯，拜託妳了。這種藥是師父給我的……她應該不在意配方外流，但保險起見，還是不要說出去比較好。」

「萬一不小心變成奧菲莉亞大人的眼中釘，我就死定了。」

蜜絲緹用很浮誇的動作摩擦雙臂，表現她內心的毛骨悚然。我不禁露出苦笑。

「呃，我覺得師父應該不會下手那麼狠……她人很好的。」

「我知道她不是無情的人，可是她對我跟對學姊的態度鐵定不一樣。」

「是嗎？……好像有可能？」

我的確也有隱約感覺到師父會清楚區分對待徒弟跟其他人的態度。

可是，這也不代表她對其他人會很冷淡……只是師父有時候真的讓人不知道她在想什麼。

「妳不覺得她好像會刻意把自己表現得比較冷淡嗎？」

「我跟奧菲莉亞大人相處的時間不長……但既然珊樂莎學姊都這麼說了，應該就不會錯。畢竟妳當她徒弟好幾年了。」

「嗯。而且她不只是我很尊敬的師父，也是在我心中占有重要地位的恩人。」

「哈哈哈，艾莉絲小姐聽到一定會很嫉妒。」

「會嗎？我其實不太清楚艾莉絲對我的喜歡有幾成是認真的……我知道她對我有好感，可是她本來就是貴族，觀念應該跟我們一般人不一樣。」

「我覺得珊樂莎學姊應該要再多了解一下男女的感情——不對，妳們兩個都是女的，總之，我覺得妳應該多考慮一下別人心裡可能在想什麼……就算我昨天說的情殺只是不會真正發生的玩笑話也一樣。」

「…………」

正當我不知道該說什麼時，蜜絲緹忽然露出微笑，說：

「呵呵。話說回來，我們要準備多少材料？這種鍊藥會用到不少珍貴的材料，可是其中幾種的庫存不多。」

「我看看……應該先準備能裝滿這一瓶的量就好。這樣就不會有材料不夠用的問題。」

我一邊暗自感謝蜜絲緹沒有堅持繼續剛才的話題，一邊把不久前做好的噴霧瓶放到工作檯上。

要確保絕對不會失誤，最多應該就是一次做一瓶的量。

分解藥鍊製失敗會浪費掉不少錢跟很難弄到的珍貴材料，所以我不會冒險。

「裝滿這個瓶子的量啊，那應該沒問題——那，一瓶可以處理掉多少？」

「咦？……喔，沒有用得太浪費的話，應該可以處理掉三千人的屍體吧。」

我一瞬間聽不出蜜絲緹講得很隱諱的問句是什麼意思，但還是很快就意會到她想問什麼，告訴她粗估的數字。

「三……三千……情況嚴重到至少要兩瓶這種鍊藥嗎……？」

「我其實算得很保守了。畢竟應該也沒辦法用得太節約。」

蜜絲緹大概是透過數字理解了在和平的約克村裡感受不到的恐怖現實，瞬間變得面色蒼白。

不過，其實我也跟蜜絲緹差不了多少。

因為我也只有在南斯托拉格感受到了緊張氣氛，沒有親眼看過疫情現場。

相對的，瑪里絲小姐則是正待在充滿疾病威脅的危險環境當中。

所以我想至少幫她準備多一點分解藥，讓她可以不用擔心不小心多用了一點就會不夠用。

「可是我們現有的材料只夠做一瓶耶？」

「這就要看艾莉絲她們會不會帶回好消息了。我有拜託她們幫我找需要的材料。如果還是不夠用，也可以委託其他採集家幫忙。」

這部分就要隨機應變了。大多鍊金材料都不是「只要到某個地方就採集得到」的東西，只能透過一定程度的人海戰術來增加取得材料的機率。

「總之，我們得先鍊製好目前做得出來的一瓶分解藥。」

分解藥沒有簡單到可以在不專心的狀態下鍊製成功。

我緩緩接觸鍊金爐，小心翼翼地開始進行鍊製。

我一邊攪拌材料，一邊開始灌注魔力，很快就開始感覺到魔力迅速減少，像是被吸走了一樣。我注意維持一定的灌注量，避免產生影響。

蜜絲緹則是負責全力協助我，例如在旁邊遞需要的東西給我，或是按照我的指示把材料放進鍊金爐。

雖然只是一些小事，卻也幫了我大忙。

因為這樣我就不需要暫時把視線移開鍊金爐，也不用分心檢查材料。

一直到我的魔力消耗了大約一半以後，才終於進入最後階段。

蜜絲緹把最後一樣材料放進鍊金爐，我也一口氣增加灌注的魔力……就快完成了。只要維持同樣的灌注量到最後就好——

「珊樂莎，我們採到材料了！」

「「——！」」

工坊的門突然被打開，害我跟蜜絲緹都嚇得抖了一下。

這也導致我差點無法穩定自己灌注的魔力量，於是我大力抱住鍊金爐，拚死命硬撐下去。

「——唔唔唔唔！」

要是在這時候失敗就完了。

會浪費掉所有消耗的材料跟魔力。
蜜絲緹繃緊全身神經，默默握緊自己的雙手，直直凝視著我。
我在她的視線鼓勵之下屏住呼吸，全心全意往爐裡灌注魔力。
「這……樣……就——完成了！——呼～～」
「太……太好了……呼～～～」
「啊哇、啊哇哇哇……」
我跟蜜絲緹一起嘆了一大口氣，艾莉絲則是不知所措地擺動雙手，嘴裡唸著聽不懂是什麼意思的話。這時，凱特也走進了工坊。
「艾莉絲，妳突然跑進來會妨礙到她們——啊，是不是真的不應該現在來找妳們？」
「對，很不應該。艾莉絲差點就要再多扛一筆債了。」
就算我們已經結婚了，該計較的事情我還是不會馬虎喔。
我是不會要已經是家人的艾莉絲在受傷的時候支付治療費，可是不小心闖禍造成損失是另一回事。我還是會要她賠償損失。
畢竟我自己也是到現在都還會付錢買艾莉絲採集回來的鍊金材料。
「珊樂莎，抱……抱歉！我太高興有找到妳要的材料，就……」
「這次是勉強避免鍊製失敗了，我不會計較……妳以後要多注意一點。」

「嗯，我會小心！」

我接受艾莉絲的道歉，同時要她避免今後再犯一樣的錯誤。隨後，原本慌得低下頭道歉的艾莉絲就恢復了笑容。

「妳真的對她很好耶。換作是我，我一定還會再多唸幾句……」

雖然在我旁邊的蜜絲緹好像覺得我不夠嚴格，但艾莉絲就是要這麼有精神才像她嘛。

「那，妳們採到了哪種材料？」

「啊，嗯，妳要我們採的材料在這裡。妳看！」

「咦？已經找到了？我本來以為一定要花好幾天才找得到……謝謝妳們。」

艾莉絲開開心心拿給我看的藥材是分解藥需要的材料當中特別難找到的一種。真沒想到她們一天之內就找到了……這樣的意外是好事。

「呵呵呵，別看我這樣，我在採集家這條路上還是有進步的！」

艾莉絲洋洋得意地挺胸說道。如果她們有辦法常常找到這麼少見的藥材，就真的有資格自豪了。因為那樣就可以賺上不少錢，足以讓她們過著高枕無憂的生活。

不過，艾莉絲果然是我熟悉的那個艾莉絲。

她似乎還是有點少根筋。凱特苦笑著說：

「艾莉絲，妳是不是忘記什麼事了？應該還有其他事要跟珊樂莎說吧？」

「啊，說的也是。我們剛才在路上遇到安德烈他們。我跟他們談到妳已經回來了，就說想來跟妳打聲招呼。安德烈現在就在店裡等妳。」

「安德烈先生？好，我知道了。蜜絲緹，妳可以幫我做好剩下的部分嗎？」

「好。我只要把分解藥裝進瓶子裡，再把這裡收拾一下就好了，對嗎？」

「對，那就麻煩妳了。」

我不好意思讓安德烈先生等太久。

我把清洗鍊金爐之類的收拾工作交給蜜絲緹，離開了工坊。

叫蜜絲緹幫忙處理這些雜務，就莫名可以清楚感受到自己真的有了一個徒弟。我就這麼想著無關緊要的事情，走往店內。好一陣子沒見上面的安德烈先生正一邊跟蘿蕾雅聊天，一邊等我。

「喔，珊樂莎。我聽說妳回來了，就過來跟妳打聲招呼。」

「你好，安德烈先生。我聽說你這次幫了我們很多忙……謝謝你。」

我開口向微微舉起手打招呼的安德烈先生道謝。

安德烈先生他們這一群比較資深的採集家從之前要做泡澡劑的時候開始，就一直會率先幫忙收集材料。我們能夠大量製造改良版停滯藥，也是多虧他們收集了很多材料過來。也就是說，他們等於是這次防疫對策背後的重要幫手。

「這沒什麼，畢竟傳染病也會影響到我們。我反倒還想謝謝妳沒有藉機壓低收購價格呢。」

「因為要是不尊重願意幫忙收集材料的各位，以後你們搞不好就不願意幫忙了。」

原本應該由領主——甚至是所有領民扛下應對緊急狀態的重擔才對，而不是採集家。

所以我必須好好回報願意出一份心力的採集家。甚至如果付不出足夠的酬勞，也應該透過臨時徵稅籌錢。

幸好羅赫哈特的資金很充足，目前還不需要擔心……或許等疫情平息下來以後，視情況還得仔細想想該怎麼報答他們。

「那……現在情況怎麼樣？如果不方便說也沒關係。」

「這個嘛，我沒辦法告訴你詳情，只能說目前情況有好轉的跡象。」

安德烈先生問得有點猶豫，我也只給了模糊的回答。但他還是很驚訝，臉上也浮現了喜悅。

「真的假的？真是個天大的好消息啊！」

「嗯。所以也希望各位可以繼續提供協助，讓情況真正好轉的那一天可以早點來臨。」

「妳想要我們幫什麼忙都儘管說。只要是我們能力所及的事情，我們都願意幫到底。」

「那事不宜遲，我希望你們幫忙收集一些藥材。」

分解藥的材料在艾莉絲的努力之下湊齊了，但是改良版停滯藥是需要持續服用的藥物，以後應該會有更多人需要這種藥。

考慮到未來會有更多需求，就必須先備好夠多的存貨。

幸好專找改良版停滯藥要用到的材料就不用像先前一樣只能先找應該有可能當藥材的採集物，收集的效率應該會更好。我把寫著需要他們幫忙收集的材料的紙條遞給安德烈先生。

「我看看……嗯，這些都不會不好找，應該只有菜鳥會有點障礙。我會跟其他認識的採集家說一聲。」

「謝謝你。還有，我以後可能還會需要用到其他材料，到時候——」

「沒問題。我們很難得有機會可以幫上妳的忙，當然會趁這個機會好好賣妳幾份人情！」

安德烈先生說完就露出豪爽的笑容，並豎起了拇指。

◇◇◇

我們在把第一批改良版停滯藥送往南斯托拉格以後的隔天開始研究殺蟲劑。

我重新檢查入口是否確實設好了避免任何一隻蟲跑出去或跑進來的防蟲結界，接著用鑷子從瓶子裡夾出一隻蟲，放到另一個廣口瓶裡面。

「唔～就算已經做好心理準備了，還是會覺得不太舒服。」

「畢竟牠是蟲……再加上這種蟲也長得比較噁心——要不要幫牠取名字？」

一直叫牠「這種蟲」，有時候會很混淆。

「學姊的意思是至少幫牠取個可愛的名字平衡一下嗎？可是不會反而……很『那個』嗎？我不知道該怎麼形容。」

「不是取可愛的名字。我想取個對牠做各種實驗也不會感到心痛的名字。像是……『窩德蟲』之類的？」

「……那個『窩德』是怎麼來的？」

「是一個已經不在人世的商人的姓氏，他曾經用有色眼光騷擾艾莉絲跟我可愛的妹妹。」

蜜絲緹很少跟那些人扯上關係，沒有立刻意會到我在說誰，一直到稍做思考過後才開口說：

「啊……該不會是之前盧塔村那群綁架我的盜賊的共犯吧？」

「對，就是野仕．窩德。反正他本人跟他的商會都不在了，我就大發慈悲讓他的名字可以繼續流傳人間吧。」

因為他真的做太多壞事了。

聽說他在被捕以後被判了死刑，只是我也不太清楚詳情。

「這是會在歷史上留名的蟲耶，用他的姓氏來取名太直接了。而且基於私怨取這種名字，搞不好會損害到珊樂莎學姊的名聲……不然就小改一點，叫它『窩滴蟲』吧。」

「好像也沒差多少……好。以後這種蟲就叫窩滴蟲了。」

我動作俐落地指向瓶子裡的蟲。起初在瓶底一動也不動的蟲——不對，現在要叫牠窩滴蟲，牠在我們幫牠取名字的時候開始不斷抽搐，不久就把腳伸直，在瓶底到處走動。

「啊，牠開始動了。看來沒有死掉……瑪里絲小姐是不是有對牠做什麼，才會這麼久都沒動靜？」

「瑪里絲小姐好像是先讓牠變成假死狀態，才放到瓶子裡面，不然很可能會在途中死掉。只是牠的生命力意外強韌，就算沒有先弄成假死狀態也是到現在——至少超過一星期都還活著。」

我帶回來的這一瓶是有先弄成假死狀態的窩滴蟲，但是雷奧諾拉小姐跟我說她那邊有直接放進瓶子裡的，到現在都還是活蹦亂跳。

聽到我這麼說的蜜絲緹皺起眉頭，凝視著瓶子裡的窩滴蟲。

「牠們沒有餓到開始吃同類嗎？也太奇怪了吧。」

「我對昆蟲的生態不太熟，但我也覺得好像有點奇怪。如果有昆蟲研究學家在場，就可以問問看對方的意見了……」

「珊樂莎學姊有認識的昆蟲研究學家嗎？」

「其實………還真的有。」

我在短暫停頓以後才講出來的答案，讓蜜絲緹驚訝得雙眼圓睜。

「咦？真的假的？我想說珊樂莎學姊沒什麼朋友，本來還不抱任何期待耶。」

「居然會被妳說成這樣！那個人叫諾多拉德，是一個寫過很多書的人——還有，我們不是朋友。應該說，他是一個讓人不想和他做朋友的人。」
我記得之前他送我們的火蜥蜴知識書——
最後的已出版書籍一覽裡面有看起來跟昆蟲有關的書。
那本書或許多少值得參考，可惜現在要到王都才能看那本書，沒辦法派上任何用場。
「意思是對方是個有點麻煩的人嘍？」
「嗯，或許該說他是個雖然沒有惡意，卻會不自覺給別人添麻煩的人？只有現在我是真的有點想跟他見上一面，但應該很難吧。尤其他平常好像都待在王都。」
就算諾多先生常常外出，也不太可能剛好就在這附近。
「那就先不提跟昆蟲有關的常識，目前觀察下來，窩滴蟲是一種不會吃同類，還很耐餓的蟲……不覺得這些特質很棘手嗎？」
「嗯，的確很棘手。這些特質讓牠不容易絕跡。」
假如把肉眼所見的所有窩滴蟲都殺死了，卻有幾隻躲在隙縫裡面避難……
就很可能會在我們以為傳染病已經徹底平息下來，降低了戒心的時候忽然又冒出一大群，再次弄得我們人仰馬翻。
「……我們要不要先來研究要多強的毒才能殺死牠？」
「嗯。那我們分頭做幾種毒藥來試試看吧。」

我們鍊製了《鍊金術大全》裡面幾種不同強度的殺蟲劑配方。
像是用來對付老鼠等害獸的毒藥。
或是用來抹在箭矢上面攻擊大型害獸的毒藥。
還有其他稍微有些危險性，跟危險性極高的幾種毒藥。我們從毒性較弱的毒藥開始測試，然而……
「生命力也強韌得太誇張了吧，牠真的是蟲嗎？」
「我還真沒料到牠竟然可以承受這麼強的毒性。」
先不論藥效較弱的殺蟲劑當然沒有效，但竟然連用了大量毒性最強的毒藥都殺不死牠，甚至還活蹦亂跳的。
不過，這還在我的預料之中。
要是這樣就殺得死窩滴蟲，瑪里絲小姐也不會特地委託我們研究殺蟲劑。
比較意外的是連殺得死大型野獸的毒藥都殺不死牠。
雖然有些毒藥只沾到皮膚會沒有效果，昆蟲跟野獸的中毒機制應該也不一樣，可是牠的抗性高得太誇張了。
如果把毒藥抹在小刀上再刺牠當然還是會死，只是那樣根本就沒有用上毒藥的意義。
「雖然有找出殺得死牠的毒，可是這是劇毒吧？」

「是啊。在城鎮裡面灑這種毒藥，一定會害居民跟窩滴蟲同歸於盡。」

「看來製作針對窩滴蟲的殺蟲劑比想像中的還要難。唔～～……」

蜜絲緹盯著窩滴蟲，神情凝重地沉思起來。她在不久之後看向我，語帶猶豫地說：

「……珊樂莎學姊。這絕對不是普通的蟲吧？」

「的確是可以隱約從這種蟲的體質感覺到一種不尋常的惡意。」

有些蟲應該是真的比較不怕殺蟲劑。

可是，會不怕殺蟲劑到這種地步就不太合常理了。

而且窩滴蟲是散播疾病的傳染源，異常不怕飢餓的性質又剛好讓牠能夠造成長期疾病威脅。

不曉得是不是有人刻意配種，還是用某種方法進行過品種改良。

「唯一值得慶幸的，大概就是牠不會飛到很遠的地方了吧。」

「要是牠會飛，我們國家就真的準備完蛋了啦！是說，我總覺得有種不好的預感耶。」

「真巧。我也是……」

蜜絲緹看著窩滴蟲的眼神當中充滿懷疑，我也忍不住摀著額頭嘆氣。

「可是把這份猜測講出口搞不好會成真，我們現在還是先專心想想看怎麼對付窩滴蟲吧。」

「畢竟我們也得盡早研究出可以消滅窩滴蟲的方法——那，學姊要走哪一種研究方向？要改良殺蟲劑，還是想辦法把這種劇毒改良成可以用的毒藥？」

「……應該改良殺蟲劑吧。因為這種劇毒……毒性真的太強了。」
萬一改良失敗，可不是鬧著玩的。這種劇毒一個不小心就可能造成居民全數死亡，而且到時候大量製造這種殺人毒藥的我跟幫忙收集原料的採集家都會有危險。
「好。我也不太想用這種劇毒，還是改良殺蟲劑比較好。」
「對吧？那我們先來決定要做成什麼類型的殺蟲劑吧。」
殺蟲劑只是一種統稱，可以再細分成很多類型。
例如放在廚房角落的毒餌、灑在房子周圍的粉狀殺蟲劑、液體噴霧、用刷子抹在植物或建築物上的殺蟲劑等。每一種殺蟲劑的運用思路跟用到的毒藥都不一樣，不先決定好大方向會降低研究效率。
「這次搞不好需要讓殺蟲劑充斥鎮上的每一個角落，做成燻蒸劑的效果應該會最好。」
「是啊。做成噴霧就只能用在肉眼看得見的地方，而且一間間噴灑殺蟲劑說不定只會讓窩滴蟲跑去鄰居家裡避難。」
就算沒有跑去別人家，也只要被牠們躲去天花板、地板底下或家具的縫隙裡面，就很難期待有完善的殺蟲效果。
相對的，燻蒸劑就可以讓殺蟲劑的藥效滲透到每一個大大小小的角落。
「可是這樣就得用到只需要少量就能發揮殺蟲效果的毒藥了。」

「這應該也是我們最大的難題。燻蒸劑又不像噴霧跟毒餌可以讓昆蟲攝取大量毒素……有哪種毒藥能用很少的劑量殺死窩滴蟲嗎？」

「就是因為很難找出解方，我們才更應該去研究它。這份工作做起來會很有成就感，我們就一起努力找出解答吧，蜜絲緹。」

「我其實覺得壓力比成就感還大……不過，如果燻蒸劑的原料很方便採集家大量採集，鍊製難度又簡單到其他鍊金術師也會做，再加上可以把用量壓到很低，就無懈可擊了。」

我明明是笑著希望蜜絲緹可以跟我一起克服難關，她卻有點傻眼地看著我，讓我不禁陷入一段沉默。

「…………蜜絲緹，妳一口氣把難度拉得很高耶。」

「我只是想趁我們還沒開始研究之前先講一下最理想的情況。不然要是費盡千辛萬苦做了一種理論上可以用，卻很不方便實際應用的殺蟲劑，就欲哭無淚了。」

「唔，妳說的對。就算效果再好，也要可以量產才有意義。那，就用妳說的這幾種條件當成我們研究的大方向吧。」

於是，我們開始著手研究窩滴蟲……

◇　◇　◇

「嗚～呀～……嘿喲。」

「哇啊啊啊～」

我跟蜜絲緹一起趴在餐廳的桌上，嘴裡發出沒有意義的怪聲。

現在是我的店已經打烊的時間了，然而我們卻沒有力氣跟工作了一整天，才剛回來家裡的蘿蕾雅、艾莉絲跟凱特對話。

「蘿蕾雅，她們兩個已經這樣很久了嗎？」

「已經這樣很久了。我泡了茶給她們轉換心情，可是……」

說來也是有點過意不去，我們只喝了半杯她泡的茶，就放著讓它冷掉了。

艾莉絲見狀便露出了苦笑，接著一邊幫忙收拾茶杯，一邊詢問我們的研究進度。

「妳們研究得不太順利嗎？」

「老實說，的確不太順利。」

我們著手研究了好一段時間，並嘗試開發好幾種殺蟲劑，卻全數以失敗收場。

現在還沒有得出任何顯著的成果。

「所以沒辦法做出殺得死窩滴蟲的殺蟲劑嗎？」

「不，單論殺得死窩滴蟲的殺蟲劑，是已經做出好幾種了……」

可是目前開發出來的殺蟲劑都具有麻煩的缺點，難以實際運用。

像是需要很大量才能致死、材料不好收集、要過很久才會生效、毒性對小動物跟魚類的影響過強、鍊製難度過高等等。

「假如這場傳染病是某個人暗中策劃的，而且還剛好是我猜的那個人，我可能會有點灰心……」

「珊樂莎學姊，製作解毒藥本來就比製作毒藥更困難——只是說來諷刺，我們正在開發的東西也是毒藥。」

「我知道。我知道解毒本來就比製毒難啊～」

我對語氣聽起來也很喪氣的蜜絲緹這麼說，接著把雙手癱在桌上。

「妳說的道理我都懂，可是我沒辦法接受——不對，應該說，我覺得我不可以放棄掙扎，承認自己做不出消滅窩滴蟲的殺蟲劑啊～」

艾莉絲面露苦笑看著我，並伸手摸了摸我的頭，想幫我打氣。

「不過，我其實覺得最近的妳比在南斯托拉格的時候還要有活力耶。」

「啊～……妳這麼說好像也沒錯。」

「咦？真的嗎？珊樂莎學姊明明每天都煩惱到腦袋快燒掉了，這樣算有活力嗎？」

大概是因為我們最近從早到晚都會一起待在工坊，她才反而更容易這麼覺得。

感到意外的蜜絲緹一臉不解地撐起了原本癱軟在桌上的身體。艾莉絲接著對她說：

「嗯。珊樂莎在南斯托拉格的時候看起來一直都有點煎熬。」

「現在看起來也滿煎熬的，有什麼不一樣嗎？」

「完全不一樣。因為我是個鍊金術師，在鍊金術這方面上遇到困難頂多覺得累，但不會覺得煎熬。尤其現在在做的研究如果成功了，很可能可以得到非常顯著的成果。」

我在南斯托拉格的時候，老是得煩惱一些無法靠自己直接解決的問題。

我知道那些都是必要的煩惱，可是我寧願為跟鍊金術領域有關的難題煩惱。

「不過，就算煩惱鍊金術的事情不會覺得煎熬，也還是會為一籌莫展的情況感到頭痛。」

「哈哈……妳要不要吃點甜食讓腦袋休息一下？我跟凱特今天從森林裡採了水果回來。」

「來，給妳。這種水果很鮮嫩多汁，很好吃喔。」

凱特似乎在流理台幫我們洗杯子的時候，就在順便幫我們準備水果了。她把裝著紫色水果的盤子端到桌上，而且都切成了方便一口吃進嘴裡的大小。

「啊，好難得看到這種水果。這是拉摩特吧！」

這種水果算有點高級，現在這個季節偶爾可以在森林裡找到。

它甜甜的香氣刺激著我的鼻腔，吸引我伸手拿一塊來吃。

「那我開動了——哇，它真的好多汁喔！」

它的口感很紮實，從果肉裡流出來的果汁非常甘甜。
拉摩特最特別的就是它同時擁有「多汁」跟「紮實口感」這兩種相反的特質。
可是裡頭也有種導致它不會太甜的酸味，讓我的腦袋也自然而然舒暢了不少。
「對吧？啊，蘿蕾雅，蜜絲緹，妳們也來吃吧。」
「好，那我開動了。」
「我也可以吃嗎？……啊，它真的有種好濃醇的甜味。」
盤子裡的拉摩特總共切成了八塊。
除了艾莉絲跟凱特以外的所有人都吃了兩塊，一下子就把整個盤子清空了。
「真好吃。妳們是特地去找這種水果的吧？」
「沒有，只是採集的時候順便找到的，沒多花我們多少時間。我反倒想向妳說聲抱歉，沒辦法在妳忙著研究的時候幫上什麼忙。」
艾莉絲表示不是刻意去採的，並向我道歉，不過——
「妳就別不好意思了。妳不是說要帶點好料回來給珊樂莎，還特地找了很久嗎？」
凱特卻直接揭穿了她的謊言，讓我忍不住露出苦笑。
「唔，凱特，這種事情用不著講得太明白，弄得像在邀功吧？」
「妳還是要偶爾邀功一下啊，不然小心哪天珊樂莎就忘記妳的存在了。」

「珊樂莎怎麼可能會忘記我——應該不會吧？」

「那當然。艾莉絲一直以來已經幫了我不少忙，我不會忘記妳。」

艾莉絲在奇怪的地方突然變得很沒自信。我一用微笑回答她語帶不安的提問，她就立刻找回了自信，抬頭挺胸地說：

「看，她說不會！話說……現在真的是一籌莫展的狀態嗎？」

「是啊。我們想做的殺蟲劑需要達成一些比較嚴格的條件。」

雖然好吃的水果讓我的心情舒暢了許多，可是這份研究並沒有簡單到心情一好就能想到好點子。我煩惱地看著一張紙，上面統整了我們的研究成果。

「唔～～」

「可惜我們是外行人，不然搞不好可以提供一些建議給妳們……」

「妳們要看看嗎？我們必須做出滿足這些條件的殺蟲劑。」

艾莉絲她們三個一同看起我遞出的那張寫著必備條件的紙。

「呃……珊樂莎小姐，要達成這些條件會不會太追求完美了……？」

「就算對這方面不熟，也看得出來難度很高。」

「應該需要在某些地方妥協會比較好吧？」

每個人都認為我們要求的必備條件太過誇張，使得我跟蜜絲緹對彼此露出苦笑。

「我們也知道要達成這些條件很難……可是，實際上就是要做到這個地步才有實用性可言。如果只有約克村要用燻蒸劑是不會有問題，但問題就是燻蒸劑的效果必須涵蓋整個羅赫哈特——甚至還得涵蓋周遭幾個領地。」

「而且沒辦法量產的話，搞不好會造成反效果。」

只選擇幾個城鎮使用燻蒸劑，很可能會演化出新一批不怕這種殺蟲劑的窩滴蟲。

如果又要從頭開始研究新的殺蟲劑，說不定真的就回天乏術了。

「嗯～那還真的滿麻煩的。那，目前最大的問題是什麼？」

「目前最大的問題是會對其他生物——尤其是人類造成重大影響。現在有一種效果很顯著的殺蟲劑——」

「珊樂莎學姊，不能用那種殺蟲劑。雖然材料很好收集，製作難度也不高，可是很有可能會對小孩子或病患造成不良影響。」

「就是這樣。我們最多就是放棄考慮小動物的死活，不能連人一起犧牲。」

那是目前最有可能徹底消滅窩滴蟲的殺蟲劑，可惜它存在相當大的風險。不然其實除了毒性過強以外，其他條件都勉強達成了。

「唔～～……啊，那先撤離城鎮裡的所有人，再用那種殺蟲劑呢？」

「還是有困難。叫大家先去避難的話，一定會帶一些行李離開吧？窩滴蟲也不是不可能躲在裡面，所以……」

「啊～也對，畢竟也沒辦法叫大家全身脫光光去避難。」

蘿蕾雅似乎為自己的點子不可行感到有點沮喪。我接著說：

「要是情況危急到不能再拖下去，可能就得請他們選擇要全裸避難，還是冒險待在可能有危險性的殺蟲劑環境當中……但我想要努力掙扎到真的無計可施再來考慮這個選項。」

問題在於怎麼樣叫做「真的無計可施」，又該由誰來判斷真的不能再拖下去。

怕就怕在我現在還是代理領主，搞不好真的要由我來判斷……

「唔～如果是我，我應該會選擇冒險待在充滿殺蟲劑的環境裡。」

「凱特，那是因為妳信任珊樂莎，才願意冒險吧？一般不知情的人一定會怕待在藥效很強的殺蟲劑環境裡面，也不會輕易相信真的不會對人體有影響——嗯？」

艾莉絲像是忽然覺得哪裡不對，才講到一半就皺起了眉頭。

「艾莉絲，怎麼了嗎？」

「我……好像很在意自己剛剛講出來的哪一句話……」

我們看艾莉絲又變得更加疑惑，就跟著一起思考是哪一句話。

「是信任珊樂莎小姐那一句嗎？」

「不是。蘿蕾雅，那句話是事實，沒什麼好奇怪的。」

「那，是會怕待在藥效很強的殺蟲劑環境裡面那一句嗎？」

「蜜絲緹，那是大多人會有的正常反應。即使再三強調不會有害，一般人還是會感到不安。」

「那會是相信真的不會對人體有影響那一句嗎？」

「……嗯？啊，就是那個！我很在意的就是這個！珊樂莎！」

驚覺正確答案的艾莉絲抬頭看向我。

「我曾在妳之前拿猴子做鍊藥實驗的時候出現過一樣的想法！我那時候很好奇妳為什麼不怕把鍊藥滴在自己手上，又為什麼有辦法相信那樣真的不會有事。」

「喔，畢竟那個鍊藥的效果很強，我能理解妳會覺得很可怕。」

當時我眼前的猴子屍體一碰到分解藥，就瞬間被分解殆盡。

要把藥效那麼強的藥滴在自己身上當然會怕——前提是我不知道分解藥的詳細效果。

「可是那次是因為我有先詳細研究分解藥，知道它觸發藥效的機制對活體無害，才會——啊。」

我在講到一半的時候察覺到了一件事，蜜絲緹也戰戰兢兢地開口詢問：

「珊……珊樂莎學姊，該……該不會可以利用一樣的概念……？」

「這說不定……可行？不要拘泥在用哪種毒藥，而是加上觸發藥效的機制……我們做的是鍊藥，應該可以另外加上特殊效果……？」

一般鍊金術師通常會照著《鍊金術大全》上面的配方鍊製。

不過，其實鍊金術師應該要是個可以應用自己的技術自創新型鍊藥或鍊器的發明家。

我學過那樣的技術，而且也不是沒做過自創的作品。

「原來如此，換個角度想也很重要！艾莉絲，妳立了大功喔！」

「是……是嗎？我只是突然想到這件事而已，有幫到妳們就好……嗯，有幫到妳們還滿開心的。」

「妳不只有幫到我們！還幫了大忙！雖然還沒有很明確的方向，但我們現在得到的新觀點說不定能成為一大轉機。」

我緊緊握起笑得有點靦腆的艾莉絲的手，還激動得忍不住大力上下甩動。

在一旁沉思的蜜絲緹忽然看向我，帶著銳利的眼神說：

「珊樂莎學姊，也就是說，假如存在某種只有窩滴蟲能夠觸發的條件——」

「可能就可以控制毒藥會不會發揮毒性了！只要能找出那個條件——」

「就可以做出只會毒害窩滴蟲的毒藥！」

「對！蜜絲緹，我們來找那個條件吧！」

「好！我們走吧！」

我跟蜜絲緹互看著彼此，高興得忍不住笑了出來，並立刻離開餐桌前面。

「哎呀，她們進入兩人世界了。」

「是啊。我們沒辦法聽懂她們在說什麼……艾莉絲小姐，妳是不是有點不甘心？」

「反正珊樂莎已經打起精神來了，我沒什麼好不開心的。」

我們一邊聽著身後傳來的這段對話，一邊跨步前往工坊。

然而，要找到只有窩滴蟲能夠觸發的條件並沒有那麼容易，結果我們又煩惱了好一段時間……

——不過，這件事最後會是以出乎我們意料的方式得到解決。

Episode 4

A ßUffiffiffln TUfkn

急轉直下

那一天，我收到了一個意想不到的消息。

「——什麼？突襲約瑟夫的據點？妳說厄德巴特先生他們嗎？」

「對，沒錯。」

透過共音箱傳來的這份消息讓我的腦袋瞬間空白，不禁再次確認自己是不是沒聽錯，然而，雷奧諾拉小姐卻是給我非常肯定的答案。

「可……可以解釋一下是怎麼回事嗎？」

「當然可以。我得講快一點，就先請妳見諒嘍。」

厄德巴特先生他們在費爾戈找到了南斯托拉格領主宅邸的失竊鍊器跟約瑟夫。

照理說，他們應該要先跟我報備再採取行動。

只是南斯托拉格跟費爾戈之間有一段不短的距離，他們認為約瑟夫很可能會在派人通知我的期間溜走，才會自行判斷應該先捉住他。

「這……的確不能怪他們擅作主張。畢竟他們在的地方沒辦法一兩天內完成報備。」

他們必須先從費爾戈回去南斯托拉格請雷奧諾拉小姐聯絡我，再依據我們討論的結果決定要不要再前往費爾戈逮捕約瑟夫。

厄德巴特先生他們這陣子在費爾戈打聽消息，想期待約瑟夫完全不會察覺異狀，乖乖被捕，其實有點太樂觀了。

「而且約瑟夫當時好像已經準備開溜了。他們在闖進據點的時候跟他打了起來，幸好沒有人受到無法回到戰線上的重傷。」

換句話說，就是有幾個人在戰鬥中受了傷。畢竟約瑟夫再怎麼差勁，也還是一個鍊金術師。鍊金術師的戰鬥能力大多比一般士兵強，應該也會使用攻擊魔法。

光是沒有人因此喪命就算運氣好了。更何況他們只受一點輕傷。

「不過，有人受傷應該也是他們沒辦法繼續追捕約瑟夫的原因之一。雖然還是讓約瑟夫逃掉了，但他們帶回了不錯的成果喔。」

第一個成果是他們奪回了遺失的鍊器之一——空隙短劍。

這種武器很方便偷襲別人，能從打算報復我的約瑟夫手上拿回它，也讓我得以放心不少。

第二個成果是他們拿到了約瑟夫帶走的資料，還有跟他的研究相關的資料。

「我想妳應該早就猜到了，那傢伙好像就是這場傳染病的元凶。」

「……果然。」

我先前就注意到這種傳染病很可能是人為製造的，只是刻意不講出口。而目前可能做到這種事情的人選，就只有約瑟夫一個人。

犯人當然也可能是我不認識的人，不過——

「能確定犯人是約瑟夫或許是不幸中的大幸。如果犯人是其他我們完全料不到的人，搞不好就找不出對方的根據地了。」

「是啊。而且約瑟夫是鍊金術師這一點對我們來說也是好處。我們可以輕鬆解讀他的資料，也可以用鍊金術對付他。」

假如這種傳染病不是人為產生的——

又或者是利用鍊金術以外的未知技術製造的——

我們就無法透過約瑟夫的研究資料立刻構思應對方法了。

幸好鍊金術是我們熟知的專業領域。我們可不能在自己的專業領域上輸給那個黑心鍊金術師。

「所以，我已經派人騎快馬把他們拿到的資料送去妳那裡了。就再麻煩妳開發殺蟲劑了。」

「好——對了，雷奧諾拉小姐研究得怎麼樣了？有任何進展嗎？」

我們就快找到解方了。

卻也無法肯定等資料送到我手上，就絕對能找到最後一塊拼圖。

所以我也很希望雷奧諾拉小姐會有些新發現，不過……

「對不起。我現在只能專心製作停滯藥，沒有餘力跟時間研究殺蟲劑，所以幾乎沒有任何進展。」

「這……我覺得妳不必道歉，畢竟我們也不能不做停滯藥。」

目前疫情正在持續蔓延，需要停滯藥的人也愈來愈多。

我跟蜜絲緹已經用我店裡收購的材料鍊製了好幾批停滯藥送去災區，可是雷奧諾拉小姐的店在南斯托拉格，收購到的材料會比我們多，甚至她還得獨自鍊製。這種狀況下本來就很難著手研究殺蟲劑。

「總之，我會叫瑪里絲負責開發治療傳染病的藥。然後剛才提到的資料也已經複製好一份送過去了。」

「也對，瑪里絲小姐應該有能力開發出能治療這種病的藥。」

「畢竟她至少在疾病這一塊是真的高人一等。妳的殺蟲劑跟瑪里絲的治療藥會是能不能消滅這種傳染病的關鍵。妳也要加油喔。我期待妳的好消息。」

◇　◇　◇

關於厄德巴特先生他們突襲約瑟夫的據點一事。

「爸爸他們也太魯莽了……」

「是啊，居然這麼亂來……」

這是他們的女兒——艾莉絲跟凱特聽完來龍去脈以後的感想。

覺得太誇張的兩人嘆出了一口氣，卻也聽得出當中摻雜著一絲擔心。凱特看向我，開口問：

「厄德巴特大人跟我父親有受傷嗎……？」

「他們好像都沒怎麼樣。只是馬迪森他們好像有人受傷了，會暫時留在南斯托拉格休養。」

順帶一提，其中一個人是曾在雪山上接受我治療的帕托力克。

從他當時能夠拖著骨折的腳靠近我就看得出他是個很有毅力的年輕人，但這次似乎也是因為他太過年輕魯莽，直接衝到約瑟夫面前，才會沒有閃過約瑟夫的魔法。

「他們這次是因為領主——也就是因為我的命令才會受傷，跟艾莉絲當初的情況不一樣。所以等該忙的事情忙完，我會再去幫他們治療。」

「也就是說，我現在受重傷也不用多扛一筆債嘍？」

「原則上是可以這麼說沒錯……妳要是真的拖著重傷回來，我一定饒不了妳。」

艾莉絲應該也只是開開玩笑，但我還是瞪了說出這種傻話的她一眼。艾莉絲不知道為什麼看起來有點高興，還聳聳肩笑說：「我知道。」

「而且我也只是不會把成本算在妳一個人身上，還是會從領地的預算裡扣。畢竟我得買材料做鍊藥，只是不收治療費而已。」

「那種等級的錬藥光是價錢就可以抽乾洛采家領地的預算了。那，厄德巴特大人他們現在也在南斯托拉格嗎？」

「沒有，他們好像去吉普勒斯爵士的領地進行調查了。」

裘毘希斯之壺——

在領主宅邸確認失竊錬器的時候，我們之中沒有人知道它是什麼樣的錬器，也找不到任何資料。不過，目前已經得知相關的資料跟錬器都是被約瑟夫帶走的了。

很可惜厄德巴特先生他們沒有在他的據點裡找到那樣錬器，但是有找回相關的資料。

「資料上說裘毘希斯之壺起初是在吉普勒斯爵士領地裡的古代遺跡裡被找到，歸為吉普勒斯爵士的所有物，後來才被坍德．吾豔買下來。」

「克蘭西為什麼會不知道……？」

「好像是因為坍德沒有先跟克蘭西商量，就擅自買了很多收藏品，所以克蘭西也不清楚他總共買了哪些東西。」

有很多貴族都有收藏藝術品的嗜好，而坍德買來的收藏品大多有點奇怪，克蘭西也曾為此表達不滿，但坍德不可能聽得進去。

當中又有不少是瞞著克蘭西買來的，裘毘希斯之壺也是其中之一。

「古代遺跡……是王國建國以前的遺跡嗎？」

「對。嚴格來說還包括王國建國黎明期的遺跡。我之前曾跟妳們說明過吧？」

古代遺跡是遺留在王國各地，且無法得知詳細歷史的遺跡統稱。

偶爾會有人在那些遺跡裡面發現一些功能特殊的奇妙古物，甚至沒有任何現代鍊器可以重現其效果。然而，那些古物只有極少部分會以非常高的價格在交易市場裡流通，絕大部分沒有價值的古物都會被當成垃圾，又或是詐騙用的道具。

「那，裘昆希斯之壺是有價值還是沒價值的古物？」

「如果瑪里絲小姐說的童話故事是真的，那它就是很有價值的鍊器了……」

「找到的資料上面好像沒有提到。厄德巴特先生他們造訪吉普勒斯爵士領地的目的似乎就是要調查裘昆希斯之壺的來歷……而且約瑟夫好像也是往吉普勒斯爵士領地的方向逃跑。」

吉普勒斯爵士的領地位於約瑟夫前一個據點的所在地——費爾戈的西南方。

離費爾戈最近的城鎮是南斯托拉格，第二近的就是吉普勒斯爵士領地內的首都喀西。約瑟夫不是不可能選擇逃去那裡。

不過，吉普勒斯爵士領地其實也是跟洛采爵士領地差不了多少的鄉村地區。

所以喀西也只是個擁有領地首都美名的農村，應該無法讓他避風頭，但很可能會在逃亡途中經過那裡。

「原來如此。既然約瑟夫會特地帶走裘昆希斯之壺，就不太可能是沒有價值的古物。大概也是因為這樣，他們才會覺得值得去當地仔細調查看看。」
「不知道厄德巴特大人他們能不能平安回來？」
「父親他們有經歷過戰爭，不像我們都在和平當中長大。就相信他們能帶好消息回來吧。」
「也對。我們也得先盡自己的力量幫忙……」
或許是因為厄德巴特先生率領的軍隊出現了傷兵，凱特才會這麼不放心。
艾莉絲勾住一臉擔憂的凱特的肩膀，安撫她的情緒，並看著我問：
「珊樂莎，殺蟲劑研究得怎麼樣了？」
「雷奧諾拉小姐要給我們的資料在中午的時候送到了，我跟蜜絲緹正在研究那份資料。她現在——」
「珊樂莎學姊！資料上面有寫到很值得探討的東西——！」
人在工坊的蜜絲緹大聲呼喊，剛好打斷了我的話。
「——！」
我克制想立刻起身回去工坊的衝動，看向艾莉絲。她立刻神情嚴肅地跟我說：
「妳快去吧。等殺蟲劑做好了，有辦法去看看爸爸他們的狀況嗎……？」
「可以，沒問題。我盡量早點處理完。」
於是，我立刻衝進了工坊——

◇ ◇ ◇

南斯托拉格領主宅邸——

我獨自前來跟雷奧諾拉小姐和克蘭西會面。

現在，我跟他們兩人的中間放著一個筒狀的殺蟲劑。

「這就是妳們做出來的殺蟲劑嗎？」

「對。只要用小火加熱其中一端，它就會噴出煙霧。但它不會燒起來，不用擔心引發火災。」

我們做出來的燻蒸劑差不多一根食指大，而且一間房子只需要用到一根。

「煙霧會比空氣重一點，容易堆積在接近地面的地方，所以只要在建築物的最高樓層使用，具有殺蟲效果的煙霧就會充斥整間屋子。如果每一間房子同時使用這種殺蟲劑，『理論上』就能讓具有殺蟲煙霧的效果充斥整個城鎮的地上跟地底下。」

「『理論上』啊。那實驗結果呢？」

「在我的工坊做測試是沒有問題。我也有用整個約克村來實驗，可是那裡沒有窩滴蟲，沒辦法確定是不是真的有效。但至少確定對人體無害了。」

村裡的幾個小孩子在被白色煙霧籠罩的村子裡面到處亂跑也沒有出現身體不舒服的狀況，應該幾乎可以確定這種殺蟲劑對人體無害。

——啊，我當然是先拿動物跟自己做實驗，才拿村民做實驗喔。

不然要是對孩子們造成不可逆的危害就不好了。

「能得出這樣的成果已經很好了——窩滴蟲？」

雷奧諾拉小姐非常滿意——卻在途中皺起眉間，一臉疑惑。

「啊，就是我們要消滅的那種蟲。想說幫牠取個名字比較方便。」

我解釋完為什麼會取這個名字以後，雷奧諾拉小姐跟克蘭西都露出了苦笑。

「他的確帶給珊樂莎不少麻煩。」

「是啊。雖然我其實沒資格這麼說……」

「畢竟老伯是那時候跟他站在同一陣線的當事人嘛。你真該慶幸這種蟲沒有被命名成克蘭西。」

「的確。不然屆時全世界叫克蘭西的人都會恨死我。」

克蘭西用嚴肅的神情回應雷奧諾拉小姐的調侃。

——啊，所以我原本是不是有可能被全世界叫窩德的人恨死？

真該感謝蜜絲緹幫忙把窩德蟲改叫窩滴蟲。

「話說，我有點意外妳們會這麼快做好殺蟲劑。資料才送到妳們手上沒幾天吧？」

「用來做基礎的鍊藥隔天就完成了。之後就是一些微調跟測試出最適合的形狀，還有量產而已。能這麼快也是多虧大家願意熱心幫忙。」

我們準備了約三千根殺蟲劑。

我拜託村民們幫忙製造裝藥劑的圓筒，還有把藥劑裝進圓筒裡。至於我跟蜜絲緹則是負責鍊製基礎藥劑，跟最終加工的鍊製工程。也是因為這樣的分工，我們才能夠短時間做出這麼多根殺蟲劑。

「假如實地測試能得出好結果，就會需要更多這種殺蟲劑了，對吧？珊樂莎大人，需不需要幫您招募人手呢？如果非鍊金術師也能參與製作，我可以替您找來一些人。」

「不了，應該讓約克村的村民幫忙就夠了。」

其實約克村的大家還滿高興有這份工作可以做的。

村民們都很高興可以趁這個機會賺些臨時收入，只是不好意思在疫情險峻的危急時刻講得太明白。所以他們都很勤奮地在處理我委託的工作，像現在也是在村子裡幫忙製作圓筒。

「而且我擔心有些人會偷工減料，還是交給約克村的村民來做比較放心。」

約克村是個全村人都認識彼此的小村莊。這也表示他們處在類似互相監視的環境當中（雖然這麼說不太好聽），完全不用擔心他們會偷工減料。

「這樣啊。既然製造方面沒有問題，我也沒什麼好說的了。那麼，要在哪裡做實地測試呢？」

「我認為選在費爾戈比較好。費爾戈的城鎮規模比較適合實驗，而且那裡的病患正在急速增加。要是不先搞定費爾戈的疫情，後續供藥也會跟著出問題。」

「就距離因素來看，應該也是選在費爾戈比較好。若選在格連捷進行實地測試，就得多耗費不少時間回報實驗結果給珊樂莎大人，拖慢您判斷是否該進行量產的時機。」

「說的也是，那我知道了。至於到現場見證實驗結果的人選——」

「這份工作就交給我吧。妳先回去約克村，有好消息我會立刻聯絡妳。」

雷奧諾拉小姐的提議應該就是最佳解答。

反正我們做的殺蟲劑只要遵照正確的方式使用就不會有問題，使用難度也不高，不需要我親自到場指導。

應該說，現在疫情已經蔓延到羅赫哈特周遭的其他領地了，如果不是簡單到每個人都能用的殺蟲劑會很沒效率，所以我們本來就刻意把使用難度設計得比較低。這次也可以測試是不是真的一般民眾都能輕易使用，就某方面來說也是滿剛好的。

我再次向兩人仔細解釋詳細的使用方式跟注意事項後，便立刻從椅子上站起身。

「那麼，後續就再麻煩兩位了。這次實地測試如果能夠成功，我們就等於是朝消滅這種傳染病邁進了一大步……瑪里絲小姐那邊的治療藥研究得怎麼樣了？」

就算能夠阻止傳染病繼續往外蔓延，也還是需要有能夠治療這種病的藥，才能徹底消滅它。

然而治療藥的開發當然比殺蟲劑更難。我本來只抱著希望多少有點進展的想法，卻換來一個出乎意料的答案。

「妳放心。她好像也已經在做最終階段的臨床試驗了。」

「——咦？這麼快？」

雷奧諾拉小姐給的資料上存在好幾份重要的情報。

那些情報確實讓我們的研究難度瞬間降低了不少，但也太快了吧……

「她現在好像是請『好心的幫手』幫忙做實驗，正在微調藥劑成分跟用量。」

「好……好心的幫手……」

應該是她找出傳染源就是窩滴蟲的那時候也有去「幫」她的那些人吧，嗯。

「她還說多虧有那些幫手，現在都不需要用菲力克殿下來做實驗了，也不知道她到底是認真的，還是只是開玩笑。」

「瑪里絲小姐居然敢拿菲力克殿下做實驗，也太膽大包天了吧！」

難道她這種天不怕地不怕的性格，就是她能夠迅速研究出成果的祕訣嗎？

「就是說啊。要是她真的不小心失手了，我一定要找藉口說是她擅作主張，不關我的事。」

「到時候也不用找藉口說是她擅作主張，因為就是她擅作主張啊！我不會被拖下水吧？」

我很怕搞不好連我這個最高負責人都要被究責耶！

——雖然真的有必要的話，我還是會扛起責任啦。畢竟負責指揮防疫計畫的人是我。

可是，瑪里絲小姐的失控行徑照理來說不在我的管轄範圍之內……

「除非瑪里絲亂講話，不然不會有事的。別看她那個樣子，她很講義氣，妳大可放心——只是偶爾會不小心講到不該講的話。」

「妳這樣講，我反而完全沒辦法放心……」

「而且就算我基於瑪里絲的師父這個身分被抓去質問，我也一定會強烈主張：『瑪里絲犯的罪真的跟珊樂莎無關，她是無辜的！』」

「刻意那樣強調反而更可疑了！——妳真的不要害我喔。」

雷奧諾拉小姐只用一道微笑回應我再一次的叮嚀。

◇　◇　◇

殺蟲劑實驗的結果非常成功。

費爾戈跟約克村有一個很大的不同是城鎮外圍有圍牆，而燻蒸劑在這種封閉環境下的效果特別好，整個城鎮都順利籠罩在白色的煙霧當中。

雷奧諾拉小姐在半天過後，也就是煙霧完全消散之後才確認實驗結果，發現費爾戈內沒有任何存活的窩滴蟲，也沒有對居民們的身體健康造成不良影響。只有一部分小孩子在煙霧裡到處奔跑的時候不小心跌倒受傷了──小孩子是不是都會忍不住想在路上跑？

我們一確定殺蟲劑能夠發揮理想藥效，就開始加速量產。瑪里絲小姐製作的治療藥也緊接著派發給病患服用。

而殺蟲劑跟治療藥的效果都非常顯著。

過沒幾天，費爾戈就不再出現新病例，格連捷的疫情也在我們緊急多送一批殺蟲劑過去以後平息了下來。至於南斯托拉格跟其他沒有傳出明確疫情的周遭小村落，也將準備進行預防性的燻蒸殺蟲。

過了一個多星期以後。

我們完成了足以供應整個羅赫哈特跟周遭其他領地的殺蟲劑，這才終於能夠出發前往厄德巴特先生他們所在的吉普勒斯爵士領地。

「呵呵呵！今天天氣很好，真適合出來旅行。」

蜜絲緹開開心心地走在我前面。

大概是因為傳染病問題幾乎已經徹底落幕了，她的腳步非常輕快，感覺完全不在意背上那一大包行李有多重，語氣也透露出她的喜悅。

「蜜絲緹，妳看起來心情很好耶。但我先說，我們不是去玩的喔。」

「我知道。可是難得可以跟珊樂莎學姊兩個人一起旅行，我還是忍不住覺得很期待啊！」

蜜絲緹高興地跑來我身邊，牽起我的手，似乎是真的很期待這趟行程。

也或許是因為這陣子總是窩在工坊努力工作，她才會覺得來外面特別心曠神怡？

「蜜絲緹，妳應該沒忘記我們也在吧？」

「我也正想這麼說。而且妳之前不是已經跟珊樂莎．起享受過海上之旅了嗎？」

「咦～妳們之前不也有跟學姊一起去海邊玩嗎？」

「呃，可是那次的目的是收集材料，有一半算是去工作的……」

除了蜜絲緹以外，艾莉絲跟凱特也有跟來。

這趟旅行的目的是到當地確認一直沒消沒息的厄德巴特先生他們的現況，視情況還得順便捉住約瑟夫，這也是為什麼她們兩個也在。

至於蘿蕾雅則是一如往常地留在店裡幫我顧店。

其實應該要讓蜜絲緹也留在店裡才能維持正常運作，但她非常想要一起來，再加上途中有機會遇到約瑟夫，所以我才會以增強戰力為優先考量，答應讓她同行。

反正現在約克村的採集家算處在半休假狀態。
他們在傳染病肆虐的時候賣了不少我們需要大量使用的材料，我也在製作殺蟲劑的時候大灑錢請他們幫忙，導致他們荷包都賺得滿滿的，所以意外有不少人都去其他城鎮玩樂了。
「話說，珊樂莎，妳們不用幫忙鍊製治療藥沒關係嗎？」
「沒關係。瑪里絲小姐跟雷奧諾拉小姐她們兩個人就應付得來了。」
瑪里絲小姐開發的治療藥只要喝一次就能發揮藥效，而且會讓病患慢慢康復，避免帶給身體太大的刺激跟負擔。
除此之外，每一個人需要的劑量也不多，就算我跟蜜絲緹不出手幫忙，一樣可以輕鬆鍊製出足夠的數量。
糧食問題也在菲德商會跟哈德森商會的努力之下順利解套，開始分發給災區民眾，所以就算沒辦法立刻康復，也不會挨餓。
總之，災民們都沒有排斥使用治療藥，城鎮裡也沒有發生恐慌。
順帶一提，瑪里絲小姐一開始好像做了效果強到可以立刻康復的治療藥，可是藥效很強的鍊藥通常使用上會很麻煩。
像我當初治療艾莉絲的手臂就不只用了治療傷勢的鍊藥，還得併用能夠恢復體力跟預防疾病的鍊藥，甚至必須小心控制服用的劑量。

能同時達到「外行人也會用」跟「藥效非常好」這兩個條件的鍊藥非常少見。

據說瑪里絲小姐的幫手曾服用能夠立即見效的治療藥，也真的在一天之內康復了，可是他們那一整天一直飽受劇痛折磨，身心都受到非常大的損耗，只過了短短一天就瘦得異常憔悴，連站都站不起來。

——我只能替那些「好心的幫手」默哀。

「所以我們應該優先處理約瑟夫這個大麻煩。這場疫情好不容易才在大家的努力之下逐漸平息，萬一他在這時候跳出來搗亂，就全都白忙一場了。」

「是啊……希望爸爸他們沒有怎麼樣。」

「只能相信沒有消息就是好消息了。」

蜜絲緹用更加開朗的語氣對依然不太放心的兩人加油打氣。

「他們一定不會有事的！他們去的地方有點遠，會沒消息也不是什麼怪事。畢竟他們也不像我們一樣有辦法快速趕路！」

「是啊。而且派人過來……也很花時間。」

我跟蜜絲緹可以在半天內從約克村跑到南斯托拉格，但當然不是每個人都能像我們這麼快，一般人得花上兩到三天時間。

尤其一般人必須拜託行商人幫忙傳遞消息，就算最後花的時間比單純用距離來算還要多一倍以上，也還算正常範圍。

如果可以安排專門負責聯絡的傳令，當然是不至於那麼慢……

「不過，我也能理解艾莉絲跟凱特為什麼會覺得不放心。我們走快一點吧。」

「好！我蜜絲緹會用最快速度前往目的地！」

蜜絲緹立刻答應加快腳步，並用俐落的動作朝著我敬禮。

吉普勒斯爵士領地的首都喀西讓我覺得很有親近感。

雖說是首都，卻也只是一個小村子。領主宅邸小得不像領主住居，整個村子也瀰漫著一股淡淡的悠閒氛圍。

這裡的氛圍跟艾莉絲的老家——洛采村很像，也難怪吉普勒斯爵士跟厄德巴特先生的交情可以好到成為長年好友。

「到了～！這個村子的氣氛好悠哉喔。」

「我聽說這裡也有出現病例……不知道是不是已經控制下來了？」

喀西是厄德巴特先生他們的第一個目的地，所以我藉著自己的權限請人優先送了殺蟲劑跟治療藥過來。

但是喀西在更早之前就出現了病例，村子裡的生活照理說會受到影響。

我一邊回答蜜絲緹，一邊猜測村子的現況。此時，晚一步才抵達的凱特累得用手撐著膝蓋，喘得上氣不接下氣。

「呼、呼、呼……這一趟讓我深刻體會到蜜絲緹也是珊樂莎的同類了。難不成約瑟夫也跟妳們差不多誇張嗎？是的話，我會有點擔心到時候應付不了他……」

「不知道，我沒看過他。不過，我以前在學校裡算成績很好的，因為我不想讓珊樂莎學姊蒙羞，一直很認真磨練自己。」

「哈哈哈！凱特，我看妳是鍛鍊得還不夠吧？」

「艾莉絲，怎麼連妳都這樣調侃我……看來妳已經去到我搆不到的世界了。」

艾莉絲雖然有點喘，卻比自己還要從容許多的模樣讓凱特感到很不甘心，隨後就感慨地看向了遠方。

畢竟每個人都有特別擅長跟不擅長的事情，艾莉絲的體力又本來就比凱特好。

「不過，凱特可能真的再多做一些體能強化魔法相關的訓練比較好。哪天要是遇到什麼危險，卻只有妳來不及逃走也很麻煩……而且妳在魔法這方面的能力整體上比艾莉絲強，應該只要願意訓練就練得起來。」

「唔唔，我會努力……呼。現在好多了。」

凱特其實也鍛鍊得很強壯，只是不及艾莉絲而已。

看到凱特迅速調整好呼吸，重新站好以後，我才再次環望起這座村子。

「好。現在我們該先去哪裡？」

「大概先去領主宅邸打聲招呼比較好。而且應該已經有人去通知領主有外人來了。像我們洛采村也是一有訪客踏進村子裡，就會立刻有人來通報。」

立刻回答我這道提問的艾莉絲指向村子裡最大的那間房子。那棟建築物的規模比艾莉絲家小一點，卻也很明顯跟其他房子不一樣，一眼就看得出是領主宅邸。

領地面積是洛采家那邊比較大……這裡的領主宅邸比較小好像也很合理？

我不曉得吉普勒斯爵士經營領地的能力在什麼程度，但似乎至少是沒有把錢浪費在不必要的地方。

我們前往領主宅邸的路上沒有遭到任何人阻攔，並在抵達之後敲了敲玄關門。

「不好意思～有人在嗎？」

「——好，稍等我一下。」

我喊完以後隔沒多久，就聽到裡面傳出一聲回應，大門也很快就敞開了。

待在門後的是一名應該跟厄德巴特先生差不多年紀的男子。

男子的身高足以匹敵厄德巴特先生，體格卻沒有他強壯，是雖然很瘦，卻也鍛鍊得很結實的感覺。

艾莉絲剛才說應該會有人先來通知領主，可是不曉得是不是這個村子的人比洛采村更沒有警覺心，男子看起來不像有接到通知，看著我們的眼神當中充滿訝異。

從客觀角度來看，等於是四個年輕女生突然來訪。

我能理解他為什麼會感到驚訝，於是我先微微低頭問候，報上自己的姓名。

「我叫做珊樂莎・菲德・洛采。請問吉普勒斯爵士在嗎？」

「咦？啊……幸……幸會，新任洛采爵士。我叫做隆恩・吉普勒斯。歡迎各位造訪吉普勒斯爵士領地。」

一臉疑惑的吉普勒斯爵士一聽到我的自我介紹就立刻收起驚訝，面露微笑向我回禮。

我剛才就在猜他可能是吉普勒斯爵士本人，看來我沒有猜錯。

因為洛采家也沒有會出來幫忙應門的傭人。

頂多可能是沃爾特出來應門，但他也不是時時刻刻都待在領主宅邸裡面。

「各位請進——不過，我還真有點意外各位會這麼早到。」

他邀請我們進門時說的這番話讓我不禁感到疑惑。

「咦……？」

是厄德巴特先生他們有事先告知我們會來嗎？

或許只是沒有聯絡我們而已，還是能預測我們大概會來這裡——就在我以為事情應該是我想的那樣時，吉普勒斯爵士就皺起眉頭，一臉狐疑地看著我們。

「看來我們派去通知各位的人比預定時間更早抵達——不對，那也未免太快了。各位該不會是剛好原本就打算來這裡一趟吧？」

「我們只是聽說厄德巴特先生他們會過來喀西，才會特地來訪……請問你本來想通知我們什麼事情呢？」

吉普勒斯爵士一聽到我詢問詳情，神情就變得有點凝重。

「其實是因為厄德巴特他們——」

「爸爸，你還好吧！」

「爸爸！你有沒有受傷——！」

艾莉絲跟凱特一邊大喊，一邊跑進吉普勒斯爵士帶我們來的這個房間。

我和蜜絲緹也跟著她們走進房內，隨後就看見躺在床上的厄德巴特先生，以及坐在一旁椅子上的沃爾特——他的手臂也用布吊掛著。

「喔，是艾莉絲啊。抱歉，是我太大意了。」

「凱特，妳別吵吵鬧鬧的。我們只受了輕傷。」

兩人的臉色確實不差，也不像受到劇痛折磨。

但是厄德巴特先生的右腳綁著支架，說是輕傷太牽強了。

「厄德巴特先生，你的傷還好嗎？」

「別擔心，珊樂莎閣下，這點傷不算什麼。只是一點小骨折，也已經接受過治療了。我甚至不需要繼續躺在床上——」

厄德巴特先生說著就準備坐起身，但他似乎還是會痛，瞬間露出痛苦神色，使得艾莉絲急忙去攙扶他的身體。

「我是稍微放心一點了，但請你現在先好好靜養。不然艾莉絲會很擔心。」

「對啊！不可以太小看受傷造成的影響！」

「呃……唔，可是……」

被待在床邊的艾莉絲訓斥的厄德巴特先生瞬間語塞。凱特則是雖然沒有特別說出口，卻也擔心地靠到沃爾特身旁。

「沃爾特，馬迪森跟其他士兵現在怎麼樣了？」

「沒有人傷亡，但很多人都受傷了。吉普勒斯爵士已經安排他們接受治療，現在都在這裡休養。他們未來都可以正常復職，只是得花上一段時間。」

「這樣啊，那還真是不幸中的大幸。」

我在這麼回應沃爾特之後轉過頭，對吉普勒斯爵士低頭道歉跟道謝。

「吉普勒斯爵士，我很抱歉厄德巴特他們這次給你添麻煩了。我一定會回報這份恩情，也願意支付——」

我還沒說完會支付治療費，他就連忙揮手制止我。

「這怎麼好意思呢！我反而還想向他道謝呢。畢竟就是厄德巴特及時趕來，我們領地才能免於出現死者。」

「——怎麼說？」

「因為他帶來了那個……是叫做停滯藥嗎？假如他沒帶那種藥過來，想必已經有半數領民都不在人世了。」

我記得厄德巴特先生他們是在改良版停滯藥完成以後才出發。大概是雷奧諾拉小姐要他們順便帶來的。

不然原本應該要等羅赫哈特全境都拿到改良版停滯藥以後，才會輪到喀西。

厄德巴特先生他們帶藥過來可能真的避免了許多憾事。

「我聽聞後來送達的殺蟲劑跟治療藥也是妳安排的，也幸好有這些藥，我們的領民才得以逐漸康復。所以真正該道謝的是我們才對。」

「可是——」

「珊樂莎閣下，我跟隆恩是老朋友了，不需要太講究禮節。對吧？隆恩。」

我還沒說完就被厄德巴特先生打斷，而吉普勒斯爵士也在聽到他這番話後輕吐一口氣，像是得到了解脫。他接著面露小小的苦笑。

「那當然，厄德巴特。所以我也希望新任洛采爵士不用這麼拘謹。因為我其實不擅長用這麼拘謹的方式跟人對談，單是現在這樣就很吃力了……」

「是嗎？……那，我可以直接稱呼你隆恩先生嗎？你也用平常的說話方式跟我講話就好。」

他一聽到我這麼說，就明顯鬆了口氣。

「好，這樣我也比較輕鬆。我可以叫妳珊樂莎閣下嗎？」

「可以。反正我也是一直到前陣子都還只是個小平民。」

「雖然妳說得很謙虛，但我聽說過不少妳的英勇傳聞喔。像是先前掃蕩盜賊的總指揮是妳之類的。而且妳是奧菲莉亞大人的徒弟吧？老實說，妳就算沒有變成貴族，也早就有超過爵士這種小貴族的地位了吧？」

「應該沒那麼誇張吧……」

師父的名號是很響亮沒錯，可是我只是個徒弟而已啊。

「而且她現在還是羅赫哈特的全權代理人，地位比我們高太多了。」

「唔，的確。那我講話是不是還是要拘謹點，才不至於失禮？」

「不……不用啦。我們先不說這個了，我想知道厄德巴特先生你們為什麼會受傷。」

我連忙打斷他們的話題。厄德巴特先生跟隆恩先生在對彼此輕輕笑了一聲以後立刻露出嚴肅神情，煩惱地說：

「嗯……該從哪裡說起呢……珊樂莎閣下知道我們為什麼會造訪此地嗎？」

「我聽說是要來打聽裘昆希斯之壺的情報，還有追趕逃跑的約瑟夫。」

「沒錯。那傢伙似乎是騎馬逃跑的，我們追不上他。那個壺也只確定是從這裡外流，沒有打聽到什麼有用的情報。」

「那個壺是在附近古代遺跡裡面找到的。吾豔從男爵——不對，吾豔聽到風聲之後跑來說他想要那個壺，我就故意把價格拉得很高，坑他的錢。真沒想到現在會鬧得這麼大……會出現傳染病的原因就是那個壺，對吧？」

隆恩先生懊悔地低下頭來。我微微搖頭，說：

「原因是裘昆希斯之壺的可能性很高，不過，這不是隆恩先生的責任。畢竟嚴格來說的話，連鍊金爐都可以算是危險物品了。」

工具本來就是看使用者想怎麼用它。我們做的鍊器當中也有很多可以拿來做壞事，但製作鍊器的人根本沒道理為這種事情負責。

「聽妳這麼說，我心情是有比較好過一點，可是……」

「隆恩，你一直介意這件事也於事無補吧？總之，我們知道那個壺是在哪裡被找到的以後，就決定去調查那座古代遺跡，看能不能找出什麼情報。」

「當時治療藥還沒做好，所以我們也很希望能盡一份心力。珊樂莎大人應該也猜得到後來發生了什麼事情，我們跟人在遺跡裡的約瑟夫交戰，結果又讓他溜走了。」

沃爾特多做補充以後，便跟厄德巴特先生一同嘆出一大口氣。

兩人的說明似乎讓蜜絲緹有點疑惑，看著我說：

「珊樂莎學姊，約瑟夫是不是其實還滿強的？」

「這我也不知道……」

約瑟夫比我們年長，鍊金術師資歷也比我們久，但論他的實力跟我和蜜絲緹之間相差多少，就是未知數了。

既然他能夠引發這麼嚴重的傳染病，就表示他應該不至於弱到什麼都不會，可是他手邊還有裘毘希斯之壺這個不確定因素，很難推斷他本人的實力在什麼程度。

他有辦法打退厄德巴特先生他們兩次，應該是有一定的戰鬥能力，而我也是擔心他會不好應付才帶蜜絲緹一起來……

「厄德巴特先生，約瑟夫是用什麼方法攻擊你們的？」

「他是用魔法。論劍術我不可能輕易輸給別人，可是像他那種會躲很遠用魔法攻擊的對手……沒辦法靠近他的話，我也無可奈何。」

「假如卡特莉娜也在，或許還有一點機會。可惜就可惜在我們之中沒有任何人可以攻擊遠處的敵人。」

「如果沒有辦法擋下魔法，的確會很吃力……不過，一般很難連續使用大量魔法，也不是完全沒有辦法對付。」

我能夠理解厄德巴特先生跟沃爾特遇到的困境，然而，艾莉絲卻突然狐疑地問：

「——嗯？可是我看珊樂莎用魔法都沒有這個問題啊……？」

「艾莉絲小姐，妳是不是忘記珊樂莎學姊不是普通的鍊金術師了？妳覺得國內有多少人可以只靠魔法打倒火蜥蜴？」

「「啊……」」

蜜絲緹傻眼地做出這番解釋，艾莉絲跟凱特的反應聽起來也很贊同她的說法。

「呃，可是那時候艾莉絲跟凱特也在——」

「她們兩個的影響不大。」

「嗯，沒錯。」

「是啊，我跟艾莉絲的影響不大。」

「唔唔，沒那麼誇張吧……」

三人一致否定我的反駁，害得我頓時語塞。蜜絲緹不理會我這樣的反應，直接繼續說下去。

「對了，我一直很在意為什麼那個壺叫做『裘昆希斯之壺』，隆恩先生，你是用這個名字把壺賣給吾豔的，對嗎？你該不會是故意拿一段比較少人知道的故事來騙他高價買下那個壺吧？是的話，那你的為人還真是『正直』啊。」

大概是因為只有瑪里絲小姐知道原本的童話故事，蜜絲緹才會這麼說。

隆恩先生隨即露出苦笑，揮手否認。

「不不不，其實當時找到那個壺的時候有順便找到幾份相關資料，我沒有交給吾豔而已。那份資料有不少無法解讀的文字，但看得懂的部分有提到那個壺的名字。」

「原來你有裘昆希斯之壺的資料！可以借我們看看嗎？」

「當然可以。只是當初是看不懂那些文字的人照抄寫在破舊紙張上面的資料，可能沒有抄得多精確。」

先提醒我們不要過度期待的隆恩先生拿來的資料並不算多。

總共只有不到十張紙的量。似乎是原本的資料已經破舊到無法帶回來，當時去現場調查的人才會把還看得出字跡的部分抄下來，統整成這一疊資料。

我們翻開資料，一起嘗試研究上面的內容。然而，艾莉絲跟凱特不久就皺著眉頭互看了一眼，搖搖頭表示無能為力。

「絕大部分都看不懂。這真的是字嗎？」

「上面的確有寫到裘昆希斯之壺。其他部分是筆記嗎？雖然我也只看得懂增加放進去的物體跟實測成功……」

不過，蜜絲緹的反應卻跟她們兩個不一樣。

她用手指順著自己閱讀的地方移動，接著說：

「唔～好像滿零碎的？……這應該是古代文字吧？珊樂莎學姊，妳看得懂嗎？」

「看得懂一點。只是不知道是不是抄寫的人沒抄好，很難辨識……」

「「「真的嗎？」」」

「珊樂莎，妳也太厲害了……不對，還是其實每個鍊金術師都看得懂？」

艾莉絲發出驚嘆，隨後便看向蜜絲緹，詢問她是不是也辦得到。蜜絲緹立刻大力搖頭否認。

「怎麼可能。就算是鍊金術師，也只有少數人看得懂古代文字。珊樂莎學姊，妳是在哪裡學會古代文字的？學校應該沒有教吧？」

「我透過師父那邊的資料學的。因為她要我學會看懂古代文字——不過，也只是勉強看得懂而已啦。」

我只認得出完全沒有寫錯的字，再加上我知道的語彙量不多，閱讀起來非常困難。

因為這份資料上有些地方會把一個字分成兩個字，還有些字的形狀很怪，或是線不夠長。

大概是因為抄寫的人不懂這種語言，才會把文字當成圖案來抄。而且不知道是不是那個人寫字跟畫圖本來就比較潦草，裡頭有不少字根本完全無法辨識。

我繼續努力嘗試解讀，最後發現——

「這……厄德巴特先生！你們是什麼時候遇到約瑟夫的？」

「嗯？我們是三天前遇到他的……怎麼了嗎？」

「珊樂莎學姊，妳看出什麼端倪了嗎？」

他們或許是從我的表情當中看出了焦急，眼神透露出一絲擔憂。

我對他們微微點頭，解釋我看懂的部分。

「資料上有寫到裘毘希斯之壺的功能……簡單來說，它好像有促進昆蟲世代交替，演化出不同體質的功能。」

在場的大多數人似乎無法只憑我簡短的說明意會到事情的嚴重性，不發一語地等著我繼續說下去。只有蜜絲緹立刻反應過來，說：

「咦？該不會窩滴蟲就是用這個壺改造出來的吧……？」

「有可能。搞不好過一段時間之後，窩滴蟲就會變成不怕殺蟲劑的體質了。」

所有人在聽到我這麼說以後都倒抽了一口氣。艾莉絲大喊：

「什麼！三天前……珊樂莎，我們最好趕快找到他！」

「嗯，尤其現在羅赫哈特沒辦法再負擔新一波疫情。要是傳染病死灰復燃……」

我們不是不可能開發出新的治療藥跟殺蟲劑。

可是，領民們有沒有辦法撐過這段危機就是另一回事了。到時候說不定會讓整個羅赫哈特的人口減半，甚至連我認識的人都會受害。

「我們得要趕快想辦法阻止他，不然就糟了。」

「那我來幫你們帶路──唔！」

「厄德巴特大人，請您愛惜自己的身體。由我幫大家帶路吧──」

「沃爾特，你也一樣。我來幫她們帶路就好。珊樂莎閣下，妳應該不介意吧？」

三人都自願幫忙帶路，而我們當然沒得選擇。

「隆恩先生，那就麻煩你帶路了。可以帶我們到附近就好。大家還會累嗎？──凱特，妳還有力氣走嗎？」

「唔……那當然！要是現在脫隊，我這一趟就白來了！」

我詢問體力在我們之中相對較低的凱特還撐不撐得住。她有點不甘心，卻也非常堅定地表明想要同行。

「好，那我們所有人一起去吧──我們一定要阻止約瑟夫！」

「嗯！」「「好！」」

我們要去的那座古代遺跡距離喀西約一小時的路程。谷底附近的懸崖上有個空洞。怎麼看都像是洞窟入口的那個洞就是通往古代遺跡的路，再往裡面走就能抵達厄德巴特先生他們跟約瑟夫交戰的地點。

另外，帶我們來這裡的隆恩先生已經踏上返回喀西的路了，現在只有我們四個人在。他本來自告奮勇想留下來幫忙，可是我不放心跟沒有培養過默契的人一起戰鬥，決定回絕他的好意。

我們的對手是會使用魔法的約瑟夫。我跟蜜絲緹必須負責擋下他的魔法，要是有不曾合作過的隆恩先生在場，我們的魔法很可能會不小心打到他。

職業軍人說不定有辦法配合第一次合作的戰友改變戰鬥方式，但我們兩個是鍊金術師，不是職業軍人。

「我們準備突擊。各位都準備好了嗎？」

「面對爸爸他們打不過的對手是會緊張，但不至於害怕，畢竟我們有珊樂莎在。」

艾莉絲把手放在腰邊的劍上，對我露出堅定又可靠的笑容。

「我準備好了。我也要好好發揮自己的長處才行。」

凱特拿著弓，揹著箭筒，渾身散發著獵人的氣魄。她也已經下定了決心，準備一戰。

「我有點沒自信用好這把武器……但我也準備好了。」

實戰經驗最少的蜜絲緹好像有點不太放心？

或許是因為她幾乎只經歷過校內實習，沒多少實戰經驗，可以清楚看出她摸著腰邊那把劍的手透露出不安。

「我跟艾莉絲會在前線，妳用魔法就好了。反正妳應該不會需要跟他正面交戰。」

「珊樂莎學姊，妳話說得這麼滿，反而很容易不小心被敵人衝到面前打亂步調喔。而且我雖然有帶著劍過來，可是這把劍的品質也沒有多好。」

蜜絲緹說著稍稍把劍拔出劍鞘，露出劍身……

「等一下，妳居然說那把劍的品質沒有多好，妳認真的嗎？那把劍絕對比我一開始那把劍還要高級啊。」

「是啊。像妳現在這把是珊樂莎之前送妳的，品質就比以前的好上不少……」

蜜絲緹是哈德森商會的千金，等於是一般百姓眼中的有錢人。

她可能對劍沒什麼興趣，沒有特別鑽研這方面，但其實她的劍已經是把品質很好的劍了。

「可是我這把劍跟學姊的劍比起來根本是天差地別。我甚至覺得這樣比是在侮辱學姊那把劍。」

蜜絲緹聳了聳肩，換來艾莉絲一聲傻眼的嘆息。

「要比得上她那把劍很難好不好。那可是奧菲莉亞大人送她的劍耶。」

「我好羨慕學姊可以收到師父送的禮物喔。那我的師父……不送點禮物給我嗎？」

蜜絲緹在這麼說的同時看向我。我默默撇開了視線。

——呃，其實我也不是沒有準備禮物啦。

我想效仿師父送禮物給徒弟，就做了一把要送給蜜絲緹的武器——不對，嚴格來說，應該是練習途中的作品？

但我打造的武器當然遠遠不及師父做出來的品質，還沒辦法拿來當送給徒弟的禮物。我覺得可以在蜜絲緹要獨立開店的時候送給她就好，是沒有急著做到很完美……

「我其實有帶來。可是還只是習作而已。」

「真的嗎？我想要！我很樂意收下珊樂莎學姊送我的任何東西，就算只是習作也沒關係！」

「是嗎？那……」

我把手伸進包包裡面，拿出那一把武器。

「喔喔喔？呃，咦！怎……怎麼突然冒出一把長槍！學姊從哪裡拿出來的？」

「從我的包包裡面拿出來的啊，妳應該有看到吧？」

「可是妳的包包看起來不可能裝得下啊！」

長槍的長度超過我的身高。而我揹著的包包只有我的腰部到後頸的高度。

一般的確不可能裝得下，不過……

「這個包包裡面裝著師父送我的一個很特殊的背包。」

我不想弄髒那麼可愛的背包，可是它的超大容量真的很方便。
所以我常常會像這樣把那個背包放進其他的背包裡面。
「特殊的背包……應該是真的很特殊的背包吧？是一般在市面上絕對買不到的包包吧？奧菲莉亞大人會不會對自己的徒弟太好了？」
「嗯，其實我有時候也這麼覺得。她送我的禮物也真的幫了我不少忙……蜜絲緹，我記得妳擅長用長槍多過劍吧？」
「啊，珊樂莎學姊，妳還記得啊！」
我對滿臉欣喜的蜜絲緹說：
「那當然。所以我才想說送妳長槍可能比較好……但妳別忘記這還只是習作而已。」
「這至少比一般市面上賣的長槍品質好太多了。謝謝學姊！」
「這樣啊。妳喜歡就好。」
我不是專業的鐵匠，做出來的武器品質絕對不算高，只比一般市面上的武器好一點。
所以我其實打算利用鍊金術加上一些特殊效果，彌補品質的問題……但我也還在努力鍛鍊自己在鍊金術這方面的實力。
要不是有這次這樣的突發狀況，我大概也不會拿這種半成品給她用。
——唔～～約瑟夫真是太可惡了。

「那個～珊樂莎，沒有我的份嗎？我很羨慕耶。」

「艾莉絲，我之前不是才買了一把很好的劍送給妳嗎？」

「可是這把劍終究只是市售的商品啊，我想要妳親手做一把給我。」

「是嗎……？等這次的事都處理完我再考慮看看。我們現在應該先想辦法對付那傢伙……」

我很高興她這麼明確地向我撒嬌，害我不得不壓抑差點彎起的嘴角，並把話題拉回我們應該面對的正題。

「妳說約瑟夫對吧？要活捉他比較好嗎？」

「最好是活捉，只是如果情況不允許，也可以不用留活口。」

「殺了他不會怎麼樣嗎？鍊金術師有很多特權吧？」

「這點倒是不用擔心。約瑟夫的鍊金執照已經被吊銷了，他現在只是一般人。」

一般民眾犯罪時，領主有權懲罰罪犯。

所以他在羅赫哈特或吉普勒斯爵士的領地內犯罪，就只要分別經過該領地的領主——也就是我或隆恩先生允許，就可以隨意懲罰他，而且不會有任何人提出異議。

當然，故意冠上莫須有的罪名就是例外了。不過，約瑟夫的所作所為基本上可以確定就是犯罪，應該不會有人反對懲罰他。

「我記得是菲力克殿下在我們被巨蟲攻擊後採取了一些動作，才會讓他的執照被吊銷吧？」

「對。那一次很可惜沒辦法找到證據逮捕他，這次就不用手下留情了。可是一碰面就殺死他會顯得我們很無情……」

「好。那我們就先簡單警告一下再攻擊他吧！」

蜜絲緹充滿幹勁的一句話，也獲得了艾莉絲跟凱特的贊同。

在看起來是天然形成的洞窟內走一段時間後，我們開始看見了人工建築的牆面。

但是牆壁相當老舊，也有不少地方已經崩塌，看不出這座遺跡究竟是結合自然環境打造而成，還是後來才遭到不明災害掩埋。

「記得他們說這座遺跡不大吧？」

「對。說一小時內就可以繞完一圈。」

好像是因為很多地方都崩塌了，能走的地方少到面積大概跟稍微大一點的宅邸差不多。

「所以我們隨時都有可能遇到約瑟夫。大家千萬不可以鬆懈。」

「「「知道了。」」」

艾莉絲已經把劍拔出鞘，凱特則是把弓跟箭矢都拿在手上。

蜜絲緹也動作僵硬地拿穩手上的長槍，看得出有點緊張。

她們的沉穩跟緊張正好反映出她們在實戰經驗上的差異。

而這份經驗上的差異也在不久後帶來了影響。

「什麼！妳……妳們——」

一名長相很眼熟的男子快步從遺跡深處走來。

他一看到我們就訝異得睜大雙眼，停下來大喊，不過——

「『力彈』！」

妳剛剛不是才說要先警告他嗎？

蜜絲緹不顧約瑟夫話才講到一半，就送了他一記魔法。

「蜜絲緹？」

「抱歉，珊樂莎學姊。我一看到那傢伙的臉就莫名覺得滿肚子火。」

她下手前或許還勉強保有一點理智，用的不是會致命的魔法。但是她的魔法還是有一定的威力，讓約瑟夫嚇得朝地面翻滾了幾圈，勉強躲過攻擊。

「哪……哪有人像妳們這樣一見面就攻擊人的，有沒有常識啊！」

「我倒認為我們比躲在這種地方動歪腦筋的你有常識多了。」

太中肯了。至少約瑟夫這種人一定沒資格拿常識來說嘴。

「妳這個不懂得尊敬長輩的臭丫頭！嘖，沒想到會這麼快就來，明明就快完成了……早知道就不要放過那些傢伙了。」

「不，你放過他們是對的。不然你早就沒命了。」

約瑟夫說的「那些傢伙」應該是指厄德巴特先生他們。

要是他們被約瑟夫殺死，我大概就會二話不說用魔法殺了他。

我還能保持冷靜，最主要也是因為還沒有任何我認識的人在這次事件當中喪命。

「比你更有常識的我只警告你一次。你不可能贏過我們，最好立刻投降。」

「哼！誰要投降啊！如果是雷奧諾拉那個老太婆就算了，妳們這些臭丫頭又算哪根蔥啊？我哪可能輸給妳們。而且我還有這把手杖！」

約瑟夫自豪地舉起一支手杖，那應該就是無情手杖。

蜜絲緹對他投以一道非常冰冷的視線。

「嘴上說哪可能輸給我們，卻還想藉著鍊器嚇唬我們啊……」

「少囉嗦！聰明的大人做事本來就會先做好萬全準備，避免任何一點失手的可能性！」

「原來如此。所以你明明做好萬全的準備，卻還蠢到被我們逼到沒有退路，是嗎？」

「哼，妳可別會錯意了。妳們沒有來得及阻止我的計畫。」

約瑟夫對凱特嗤之以鼻，並得意洋洋地宣示勝利。我不禁皺起眉頭。

「你該不會已經改良好那種蟲了……？」

「沒錯。你們到處發殺蟲劑，要弄一點回來根本不是難事。而且只要把殺蟲劑拿到手，很快就能改造出有抗性的蟲了。」

約瑟夫說到這裡先稍做停頓，才露出奸笑說：

「——哼哼，妳們要怨就怨我的袞昆希斯之壺吧！」

「哇～明明不是你自己做的鍊器，居然還自豪成這樣……你都不會覺得難為情嗎？」

「唔唔唔！我……我倒想問妳們還有時間在那邊說閒話嗎？妳們應該也聽到世界毀滅的腳步聲正在逐漸接近了吧？哼哼哼！」

氣得緊咬嘴唇又滿臉通紅的約瑟夫發出的笑聲聽起來像是在逞強。

不過，我也的確聽見遠處傳出由大量昆蟲製造出的聲響——

「那些改良過的蟲已經大量繁殖了！而且這次的會飛喔！我看傳染病應該會擴散得比上一次還快吧！哈～哈哈哈！」

「可惡！你為什麼要做這種蠢事！這樣做有什麼意義！」

「當然是因為可以看到妳們一臉痛苦的模樣啊！還需要別的理由嗎？」

艾莉絲正經的提問只換來莫名其妙的答案。

「我也想問你為什麼會恨我，我實在想不透……」

「少裝傻了！要不是因為妳，我就可以輕鬆賺錢爽一輩子了。妳跑來妨礙我高枕無憂的生活，本來就應該得到報應！」

「你這話沒道理啊。珊樂莎只是提醒其他採集家要注意黑心商人而已。」
「對啊。只因為沒辦法繼續騙採集家的錢就遷怒別人，也太自私了吧。」
「我聽說你因為想挾怨報復珊樂莎學姊，就害得自己的鍊金執照被吊銷了吧？只能說你自作自受。」
她們三個說的都是事實，不過，如果約瑟夫聽得進去，就不會惹出這種麻煩了。
他像個小孩子一樣氣得不斷猛踩地板，還用手指直指著我。
「少囉嗦！吵死了！我就看妳們要怎麼辦。那些蟲就快到這裡了。妳們就算會一點魔法，也不可能殺光那麼多蟲！」
要是讓任何一隻蟲跑出去，接下來就很難預測會在哪裡出現新一波疫情了。
如果他改良過的品種真的會飛，的確會造成不小的威脅。不過——
「這樣啊。那我就用魔法以外的方法處理好了。」
我拿出幾根殺蟲劑，在用火燒過之後丟往遺跡深處。
約瑟夫臉上浮現很瞧不起人的嘲笑。
「白～痴！我不是才說改良過的蟲不怕殺蟲劑嗎？妳記憶力這麼差啊～？」
「我沒有善良到會乖乖相信敵人說的每一句話都是真的。」
「哼！那妳就等著見識準備迎面而來的現實，體會絕望的滋味吧。」

「好啊。那你也一起絕望吧。」

我丟出去的殺蟲劑釋放出一種偏藍的白色煙霧。

我利用風魔法把煙霧吹進遺跡深處，不久後就產生了變化。

原本從裡面傳來的聲響逐漸變小，最後只有極少數的蟲成功來到我們的視線範圍內。然而僅存的這些蟲還是沒能活著抵達正在釋放煙霧的殺蟲劑所在的位置——這讓約瑟夫相當錯愕。

「什麼！怎……怎麼會這樣？」

「你怎麼會覺得我們只做一種殺蟲劑呢？」

我這次用的是正式量產的那一種殺蟲劑在開發階段做出來的測試版。

它的毒性很強，有可能會對一般民眾造成危害。但在這裡就不需要擔心一般民眾受害，而我們四個人也有足夠的抵抗力，不會受到影響。

「幸好袞昆希斯之壺的效果很精確。如果用它改良的蟲是連對其他性質類似的毒素都會產生抗性，可能就比較棘手了。」

「呃，對妳來說應該不會棘手到哪裡去吧？」

「對啊。感覺妳就算有辦法用火焰燒光整座遺跡都不奇怪。」

艾莉絲跟凱特這麼一說，約瑟夫就嚇得往後退了一步。

「少……少開玩笑了！妳這種乳臭未乾的臭丫頭哪可能——」

「是真的有可能，可是用那麼粗暴的方式殺蟲會毀掉整座遺跡。這裡畢竟是別人的領地，我也不好意思擅自摧毀。」

我一邊這麼說，一邊動手燒光所有視線範圍內的病蟲屍體。約瑟夫的臉色也隨之驟變。

「好了，我只警告你一次——不對，我剛剛警告過了。那……」

「『岩壁』！」

「「「啊！」」」

約瑟夫製造一道岩石牆堵住通道，阻止我接近他。

「可惡！你別想跑——！」

艾莉絲衝上去用力敲打岩石牆，牆面卻是毫髮無傷，只傳出一道沉重的敲擊聲響。人在牆壁另一頭的約瑟夫說：

「哼，這道牆可沒有脆弱到隨便敲就會壞喔。」

「我們有珊樂莎的魔法，這種牆壁根本不算什麼！」

「或許是難不倒她啦，但妳們只顧著理我沒關係嗎？妳們頂多殺了這附近的蟲，最裡面的那些有沒有殺到就難說嘍。要不要猜猜看那些蟲趁妳們只顧著追我的時候跑到洞窟外面去，會發生什麼事啊？」

「「「…………」」」

「而且妳們該不會以為我只有一張王牌吧？我前幾天才被人攻擊據點，當然會準備一些防制手段。妳們就等著被我的另一張王牌殺死吧！哈哈哈——！」

牆壁另一頭傳來的笑聲逐漸遠去，艾莉絲她們全看著我，想知道我下一步要怎麼做。

「妳要去追他嗎？現在放過他的話，他搞不好又會想找機會報復妳……」

「既然無法確定已經沒有剩下任何一隻蟲，那我們就只能有一個答案。我們去最裡面看看吧。不能再讓傳染病死灰復燃。」

我回答得毫不猶豫。放過約瑟夫是有可能在未來的某一天成為威脅，但還是遠遠比不過病蟲在現在這個時候擴散出去的威脅。

「我會沿路丟殺蟲劑。我們動作要快！」

「「「好！」」」

我一邊往周遭丟用火點燃的殺蟲劑，一邊和大家一起從別條路前往遺跡更深處。

這種殺蟲劑是經過改良前的產物，附近有可燃物會很危險……反正這裡是古代遺跡，應該不用擔心。我用風魔法把煙霧往裡面吹，順便吹走滿地的病蟲屍體。

「唔唔～一次看到這麼多昆蟲屍體，要不覺得噁心都很難。」

「幸好珊樂莎用魔法把屍體都吹走了，才不會踩到……這些蟲踩下去一定會滑倒。然後就會看到一團糊糊的……」

「凱……凱特小姐，別說了！不過，也還好一路上都沒看到活的。」

隆恩先生有事先讓我們看過簡略的地圖，所以我們走往深處的同時也不忘確認可以通往洞窟外面的路在哪裡。從病蟲屍體的分布位置來看，這些蟲目前還沒有開始往外逃的跡象。

但是約瑟夫似乎已經跑去外面了……也只能先放過他了。

我們愈接近遺跡的最深處，也就是當初找到裘毘希斯之壺的位置，病蟲的屍體也愈多——

「珊樂莎學姊，找到了！那個應該就是裘毘希斯之壺！」

「居然有還活著的蟲！該不會已經對新的毒素產生抗性了吧？」

蜜絲緹指著一個大小看起來可以用一隻手抱在懷裡的壺。

那個壺被斜著卡在像是基座的東西上面，壺裡不斷湧出新的病蟲。

「我直接燒光牠們！」

我丟出已經在釋放煙霧的殺蟲劑，再往附近灑出還沒點燃的殺蟲劑。而我才剛準備開始施展魔法，就有不明物體從黑暗當中朝著我撲過來。

「——！珊樂莎，小心！」

「『火焰風暴』！」

我看見人在我視野一角的艾莉絲彈開了那個不明物體，同時施放魔法。

燃起的火焰從壺的位置往外延燒，剛才先灑到地上的殺蟲劑也被燒得開始釋放煙霧。

「珊樂莎學姊！有特別大隻的蟲！『火箭』！」

「這就是約瑟夫說的王牌嗎？不過……也沒有巨蟲那麼大隻！喝！」

那種大蟲跟我的身高差不多大。

牠的外型不太像蟑螂，反而比較像甲蟲，正試圖用頭上那一對巨顎攻擊我們……但就如凱特所說，牠的大小跟巨蟲比起來就顯得不怎麼樣。

即使動作很迅速，力氣似乎也很大，卻也沒有巨蟲那麼有威脅性。

牠們就這麼被凱特的箭射穿、被蜜絲緹的魔法燒死，又或是被艾莉絲的劍砍斷。

然而這種大蟲的數量還不少，幾乎是源源不絕地從遺跡深處跑出來。

「如果是以前那把便宜的劍，搞不好會很難應付這些蟲！真得感謝珊樂莎送我這把新的！」

「唔唔，我好不想用學姊送我的長槍殺這些蟲……嘿！」

魔法開始趕不上大蟲出現速度的蜜絲緹拿出長槍，我也拔出了自己的劍。

「壺裡面沒有再出現新的蟲了！把大隻的殺完就搞定了！」

被大火焚燒的壺被燒得焦黑，從裡面竄出來的蟲也全數燃燒殆盡。周遭的大多數病蟲也已經被火燒死，而僥倖逃過火燒的一樣躲不過殺蟲劑的煙霧。

「好！是說，原來殺蟲劑對這些大蟲不管用嗎？」

「這種大蟲跟窩滴蟲的尺寸差太多了！尤其我跟珊樂莎學姊當初很努力把殺蟲劑的藥效調整成適合窩滴蟲那種大小！」

「反正大的也沒多強，妳就別抱怨了，專心殺光這些蟲吧！」

不過，這些蟲又長又銳利的大顎其實還是很危險，連附近被牠們夾到的岩石上面都留下了明顯的痕跡。

我們現在跑得再快也不可能追上約瑟夫，沒必要跟時間賽跑。於是我們小心謹慎地處理掉剩下的這些大甲蟲。

最後，我們成功打倒了所有大甲蟲，沒有任何人受傷。

◇　◇　◇

「呼、呼、呼！可惡！太扯了！那個臭丫頭是怎樣啊！」

約瑟夫竭盡全力在珊樂莎等人面前故作從容，然而他實際上幾乎是連滾帶爬地逃跑，目前人正待在遺跡旁邊的森林，喘得上氣不接下氣。

因為他發現自己的魔法遠遠比不上珊樂莎剛才使用的魔法。

不只他自己的實力不如珊樂莎，即使利用無情手杖增強魔法的威力，也不可能敵得過她。

光是珊樂莎一個人就夠麻煩了，甚至還有另外三個敵人在。

其他三人乍看只是一群毫無威脅性的年輕女子，但親眼見證珊樂莎的強大實力之後，約瑟夫實在無法以貌取人。他認為自己選擇撤退是正確的判斷。

約瑟夫如此安慰自己，揚起嘴角笑道：

「不過，我還沒被逼到走投無路。雖然沒辦法帶走那個壺，但憑我的技術要在其他國家重起爐灶也不是難事──」

「那可就傷腦筋了。」

「──！是誰！」

約瑟夫轉頭看往忽然傳來的聲音，隨後發現有一位妙齡女子正站在意外離他不遠的地方。

女子的穿著很簡單，就好像是從附近走來這一帶散步，然而這裡可是人跡罕至的古代遺跡旁邊。約瑟夫不禁眉頭深鎖，對這名和周遭環境格格不入的女子感到不解。

「我是珊樂莎的師父，這樣說你應該就知道我是誰了吧？」

「什麼！妳居然是那個臭丫頭的師父！──哼哼，這樣正好。」

約瑟夫先是驚訝地大喊，但很快就冷靜下來稍做思考，接著仔細上下打量女子──也就是奧菲莉亞，露出邪惡的笑容。

「我對那個臭丫頭沒興趣，不過妳長得滿不錯的。妳就來陪我玩玩吧！」

約瑟夫發出猥褻的笑聲，這反倒讓奧菲莉亞感到有趣。

「嗯，被當成年輕人的感覺還不賴……我很好奇你剛剛才從她們面前落荒而逃，怎麼現在就囂張起來了？」

「我哪有辦法一打四啊！但妳不一樣，妳只有一個人。我看妳是腦袋不靈光才會自己一個人衝到敵人面前吧？」

「就算珊樂莎隻身前來，憑你這點實力也贏不了她。更不用說贏過身為她師父的我了。」

「哪可能贏不了！那傢伙當初用卑鄙的手段害我丟了飯碗！還攏絡了那個臭老太婆……我是不知道妳是誰，不過，我這裡有無情手杖，妳不可能一對一還贏得了——」

「怪了，我以為我還算有點名氣呢。」

話講到一半就被打斷的約瑟夫面露不悅。

「……啊？」

「我叫做奧菲莉亞・米里斯。」

「誰管妳叫什麼名字——奧……奧菲莉亞・米里斯！該不會是那個大師級鍊金術師——！」

約瑟夫的不以為意只持續了短短一瞬間。他一理解到對方是誰，就立刻大聲驚呼。

「喔，原來你聽過我的名字啊。我以為你一個想對珊樂莎不利的人應該會打聽到她的師父是我……看來你腦袋還滿不靈光的嘛。」

「妳——！」

「啊，也對。你如果不是個腦袋不靈光的傻瓜，就不會策劃這種蠢事了。」

奧菲莉亞對啞口無言的約瑟夫露出冷笑。約瑟夫則是發出一陣乾笑，虛張聲勢地說：

「哈哈！所以妳一直以來都沒去幫妳的徒弟，還眼睜睜看著那些平民一個個死去嗎？妳這個大師級鍊金術師還滿無情的嘛！」

「我看你真的是個傻瓜吧？領地裡發生的問題本來就應該由領主來處理。假如領主沒拜託我們鍊金術師幫忙還強出頭，也只會惹領主不開心吧？畢竟那樣等於是認定領主缺乏治理能力。」

飢荒、疾病、天災——害領民受苦的可能原因很多，但每一次出狀況都要對外求援的領主在國家眼裡就只是個累贅。也因為領主們都知道無能的領主很可能被撤銷爵位，所以他們除非是遭到他國勢力侵擾，否則不會隨意要求支援。

「而且你明明是引發這場傳染病的元凶，還真好意思說這種話啊。」

「哼，反正那些平民死再多個都沒差啦！還有，這場傳染病的真正原因不是我，是那個叫珊樂莎的臭丫頭！」

約瑟夫這番話幾乎是胡言亂語，不過，他似乎還保有能夠判斷自己贏不過大師級鍊金術師的理智。他悄悄退後，嘗試找出逃跑的機會。

「哎呀，你別以為自己跑得掉喔。我不太想看到自己的徒弟費盡千辛萬苦解決了大部分的問題，卻留下你這個禍患。我就把你抓去當成送給她的伴手禮吧。」

約瑟夫周遭的土壤在奧菲莉亞用手指彈出聲響的同時隆起，化成堵住他去路的牆壁。

「……妳還是趕快去救妳的徒弟比較好吧？別浪費時間在我身上了。遺跡深處有我精心打造的王牌，她們活不下來的。」

約瑟夫試圖透過威脅奧菲莉亞找出一絲活路，卻只換來一道從容的笑聲。

「呵呵，我相信我的徒弟有能力應付你的王牌。而且我無法放任你把知識外傳到其他國家。我不像那傢伙那麼仁慈，所以我會在你表現出反抗意圖的瞬間動手壓制你。除非你想白白多受一次苦，不然我建議你最好還是乖乖投降。」

約瑟夫感應魔力的能力並不算強。

但他仍然能夠感覺到奧菲莉亞散發出的魔力急遽增強，而且非常強大。這讓他瞬間面色蒼白，還倒抽了一口氣。

No 018

鍊金術大全：記載於第八集
製作難度：困難
一般定價：5,000雷亞

〈症狀惡化停滯藥〉

有需要盡早救治的病患！可是手邊沒有藥可以治療！怎麼辦！──有時候難免會遇到這種情況吧？如果可以馬上弄到製作治療藥的材料倒還好，問題就在於鍊金材料並不是隨手可得。這時候不妨用用看這種鍊藥吧。它可以減緩所有疾病惡化的速度，幫你爭取收集材料的時間。順帶一提，發明這種鍊藥的是大名鼎鼎的疾病研究學家瑪里絲．修洛特，據說她開發症狀惡化停滯藥時曾經試圖拿皇族做人體實驗。不過，那當然只是一則謠言。

Epilogue

尾聲

「我們回來了～」

我帶走被燒得焦黑的裘昆希斯之壺，把剩下的病蟲屍體燒光，等確定遺跡裡沒有其他可疑的古物後，再回去隆恩先生那裡用魔法跟鍊藥稍加治療厄德巴特先生跟其他洛采家士兵的傷勢……

結果我花了不少時間處理各種雜事，一直到好幾天過後才跟大家一起回到南斯托拉格。

其實我很想趕快回家休息，但還是在義務感的驅使之下，決定先前往南斯托拉格領主宅邸。

我走過在不知不覺間變得再熟悉不過的走廊，前往辦公室。而我一打開辦公室的門，就發現有個我完全沒料到會在場的人物也在裡面。

我知道克蘭西一定會在辦公室，雷奧諾拉小姐也本來就很可能會來。

疲累地坐在沙發上的瑪里絲小姐這次真的貢獻良多，要說她是這次事件的最大功臣也不為過，所以會在這裡並不是怪事。

至於坐在瑪里絲小姐旁邊的菲力克殿下……我其實不太想去想他為什麼在這裡，可是還算能夠理解。

唯一無法理解為什麼會在場的——

「喔，珊樂莎，妳回來啦。」

「……師父？咦？妳怎麼會在這裡？」

沒錯，就是態度莫名比辦公室裡的其他人還要高高在上的師父——奧菲莉亞．米里斯。

會覺得包含菲力克殿下在內的每一個人都顯得有點緊張，一定不是我的錯覺。

「奧菲莉亞大人？您……您怎麼會在這裡？」

從我身後探頭出來的蜜絲緹訝異說道，艾莉絲跟凱特也驚訝得睜大了眼睛，然而師父僅僅是若無其事地聳了聳肩。

「我只是聽說我的徒弟好像滿賣力的，才會親自過來關心一下。」

「關心一下……那妳可以用傳送陣聯絡我就好了啊。」

害我之前遇到問題都不能問問師父有什麼建議！

我就先不提從王都過來南斯托拉格有多遠了啦！

「我不是跟妳說我要出遠門嗎？而且我這一趟其實還沒回去王都，算是回程路上順便過來看看。總之這些都無所謂，珊樂莎，妳不如先回報成果吧？」

要我先報告成果的師父雙眼看著在場的其他人，大家的眼神都充滿了期盼。

在場的有地位比我高的菲力克殿下，其他人也在這次傳染病事件當中幫了我不少忙，於是我決定先端正站姿，做出禮貌性的問候。

「也對。那麼，我想先祝賀菲力克殿下得以順利康復。」

「謝謝。這次幸好有瑪里絲小姐在，我才能活命……雖然她在治療過程中做了不少讓我不太放心的事情。」

我在聽到面露微笑的菲力克殿下有些尷尬地說完這番話後看向瑪里絲小姐，跟我四目相交的她顯然不覺得自己的行為有什麼問題。

「我只做了應該做的事情而已，沒做什麼怪事啊？」

「……那些『好心』來幫妳的幫手呢？」

「他們想跟我討鍊藥，我就分了一點給他們……但我只會分給需要的人。」

我知道。妳一定是把本來不需要服藥治療的人打成需要服藥治療了，對吧？

雖然我覺得那些人敢攻擊瑪里絲小姐，就應該要承擔可能被她基於自我防衛殺死的風險。或許還能保住一命就算他們很走運了？

「——他們應該還活著吧？」

「那當然，他們『現在』都活得好好的。」

……嗯。既然菲力克殿下沒多說什麼，我應該也沒必要再追問這件事。

「這樣啊。那我差不多該回報我們這邊的情況了。我們這邊應該也沒問題了。雖然死性不改的約瑟夫在這次事件中犯下改造窩滴蟲的惡行，但我們已經處理掉所有病蟲，也順利奪回了裘昆希斯之壺——只是已經不堪使用。」

我說著把壺拿出來放到地上。當時被我的魔法燒過一陣子的裘昆希斯之壺已經整個變成黑色，也感覺不到任何魔力。

「我姑且把它帶回來了，現在可能就只是個垃圾？不過，以前的人到底為什麼要做這麼危險的東西？而且明明用裘昆希斯的名字來取名，卻只能用來讓蟲變多。」

我嘆了口氣，隨後師父就用食指指向我，糾正我的想法。

「珊樂莎，妳不可以這麼死腦筋。裘昆希斯之壺在某些專門研究昆蟲的鍊金術師眼中會是個求之不得的寶物。」

好像有些鍊金術師是基於想改善人類的生活，才會研究昆蟲。

像是用來改良益蟲，消滅害蟲，以減少農夫的工作量。

「說的也是……一個工具能帶來好處或壞處，果然還是得看使用者怎麼用它。」

沒想到我之前才對隆恩先生說過類似的話，卻要在師父的提醒之下才想起這個道理。

我輕輕搖頭感嘆自己的不成熟，在整理好思緒以後對克蘭西說：

「那，克蘭西，現在各地的情況怎麼樣了？」

「目前已經沒有再傳出新的病例，病患也已經服用了治療藥，正在逐漸康復當中。糧食部分也在菲德商會跟哈德森商會的協助之下收購到了足夠的存量。我們應該不用再擔心傳染病會繼續威脅人民的生活了。」

「這樣啊。那其他還有問題嗎……？」

我看往辦公室裡的每一個人，等確定沒有人想要發言之後，才仰望著天花板說：

「看來總算是順利落幕了。雖然還是有些需要反省的地方……唉……」

我不禁大嘆一口氣，想把沉重的心情也一起吐出來。這時，有隻大大的手輕拍了我的頭。

回頭一看，就看見師父正用溫柔的表情注視著我。

「妳已經做得很棒了，不需要覺得氣餒。而且這次事件也突顯出妳是個很出色的鍊金術師。我看過妳們做的殺蟲劑了，設計得很不錯喔。」

「謝……謝謝師父的誇獎。」

我感覺師父語氣溫和又溫暖的這番話讓我心裡好過了不少，忍不住小聲向她道謝。然而師父接著靠近我的耳邊，笑著說：

「不過……妳是不是用了索烏拉姆的葉子？」

「——！」

沒錯，其實最後做出來的殺蟲劑成分裡面有索烏拉姆的葉子。

我那時候跟蜜絲緹再怎麼努力開發殺蟲劑，都無法完全避免對人體產生影響，頂多到「造成影響的機率幾乎是零」。

如果我們花更多時間繼續研究，或許不是不可能開發出完全無害的殺蟲劑。

可是我們拖得愈久，就會有愈多人被傳染病奪走性命……

而我就在苦於找不出解決方法時，剛好注意到了後院那棵索烏拉姆。

我想起師父先前跟我提到葉子的功用，決定拿來加進殺蟲劑試試看——

我加的量非常少，也沒多少人知道索拉烏姆葉子的真正價值，就算有人拿去仔細研究成分，應該也看不出端倪。但看來還是瞞不過師父的眼睛。

「我……我是不是不應該用到它的葉子？」

「妳是偷偷加進去的吧？那就無所謂了。反正會看出裡面有加索拉烏姆的葉子的傢伙都不是會因為這種事情陷害妳的人。」

師父再一次輕拍我的頭，接著才拉開跟我之間的距離，用力拍了一次手。

「總而言之，妳第一次面對這種情況還能做到這個地步已經很厲害了。妳應該感到自豪。」

「這也是多虧大家願意伸出援手。尤其這次要是沒有瑪里絲小姐在，不知道會有多少人在這次疫情中病逝……真的很謝謝妳。」

我再次向瑪里絲小姐道謝。她稍微聳了聳肩，說：

「幫這點忙不算什麼。不過，我不介意妳減少我的債務來感謝我的協助喔。」

「好，我會考慮看看。」

「好耶！」

我明明沒說一定會減少瑪里絲小姐的債務，她卻高興得露出比剛才的任何一個瞬間都還要燦爛的笑容，還握拳歡呼。

不過，我這次的確有必要支付酬勞給瑪里絲小姐。

我得先跟雷奧諾拉小姐商量要支付什麼樣的酬勞比較好，不一定會減少她的債務，但至少絕對不可能逼她這樣的大功臣無償付出。

而且可能也需要支付酬勞給雷奧諾拉小姐、哈德森商會、菲德商會、厄德巴特先生他們，還有艾莉絲她們……？我不知道該支付什麼樣的酬勞才算合理，又該付出多少錢，再說，這些事情應該要由我來煩惱嗎？——啊，反正菲力克殿下在場，我直接繳回全權代理人的權限，就不需要煩惱這個問題了吧？——我沒完沒了地煩惱到一半時，艾莉絲不知道是不是覺得我們的話題告了一段落，忽然嘆著氣說：

「這次唯一可惜的事情就是沒有逮到約瑟夫了。」

「我們當時也沒辦法去追他啊。畢竟還是得優先避免傳染病再傳開來。」

凱特說是這麼說，卻也跟艾莉絲一樣顯得很不甘心——

「喔，這妳們大可放心。我碰巧在路上遇到他，就順便把他捉回來了。」

「「「什麼？」」」

突如其來的新消息讓艾莉絲、凱特跟蜜絲緹異口同聲地表達訝異，我也疑惑地皺著眉頭說：

「咦？碰巧……？」

——師父能代替我們逮到約瑟夫是好事，可是那個遺跡那麼偏遠，怎麼可能碰巧路過？

我懷疑地看向師父，師父卻依然面不改色。

「對，真的滿巧的。至於那傢伙的處置——」

「已經決定由我來負責處置他了。雖然這原本是領主的職責，但羅赫哈特是國王直轄領地，交給我這個代理官員來處理，應該也可以比交給全權代理人處理省去一些麻煩。」

「那……真是太好了。畢竟我也不想因為這件事招惹到更多人……」

尤其約瑟夫是貴族。

我只是一個小小的爵士，實在無法在犯人是貴族的情況下承擔量刑跟核准行刑的重擔。

「約瑟夫這次惹出的麻煩造成的危害過大，他的家族應該不會有異議，但我還是會派人監視他們的動向。妳不用擔心遭到報復。」

菲力克殿下或許是因為之前自己也深受傳染病所苦，臉上的笑容看起來有點邪惡。真是太教人放心了。

可是，我本來根本沒道理承擔這麼多壓力吧？

「話說回來，殿下，我想和您談談全權代理人的事情……」

我最大的壓力來源就是這個全權代理人的權限。

我想趕快繳回這份權限，回去過我悠閒的鍊金術師生活。

我懷著這樣的盼望看向菲力克殿下，而他看起來也有意會到我想表達什麼。

「我知道。妳認為自己的功勞理應受到賞賜，對吧？」

——他根本沒搞懂我想表達什麼。

不對，如果那份賞賜是讓我永遠擺脫麻煩的責任也不錯。

「我認為協助治療殿下的瑪里絲小姐才應該得到您的賞賜……」

「我已經跟瑪里絲小姐談好未來會資助她的研究了。其實我起初是問她願不願意成為我的妻子，只是她沒有答應。」

「「「咦？」」」

在場的其他人可能都已經聽說這件事了，只有最後到場的我們四個人對此感到驚訝。我看向瑪里絲小姐，發現她似乎不太懂我們為什麼這麼吃驚。

「進入皇室就沒時間研究疾病了，我怎麼可能會答應呢？」

「瑪……瑪里絲小姐，妳真的是天不怕地不怕耶……」

我很佩服她即使對皇族的地位沒有興趣，也敢當著皇族的面拒絕。

也很佩服她可以對研究疾病懷抱這麼強烈的熱情。

「所以，珊樂莎小姐不需要擔心瑪里絲小姐得不到應得的酬勞。而且我聽說妳曾講過自己不打算當個義工。」

我只講過一次我不想當義工。

而聽到我講這句話的除了艾莉絲她們以外，就只有——

我立刻轉頭看往雷奧諾拉小姐。或許是因為師父跟菲力克殿下在場，她一直沒有說話，看起來很緊張。她連忙否認。

「不……不是我說的——我只有跟瑪里絲講。」

「我順便幫妳轉告菲力克殿下了！」

——我沒有要妳幫我轉告他啊！不要擅作主張啊！

我其實很想馬上對回答得很乾脆的瑪里絲小姐瘋狂抱怨一番，可是現在菲力克殿下在場，我不敢太失禮。

「珊樂莎小姐，妳這次立下不小的功勞，而且我聽說是妳指派瑪里絲小姐去調查傳染病的。所以我想任命妳擔任羅赫哈特的領主，並擢升妳為子爵。妳願意接下這個職位嗎？」

「不……不好吧——！我沒有足夠能力勝任領主……」

怪……怪了？我本來以為我終於可以繳回全權代理人的權限，怎麼快變成正式的領主了？太莫名其妙了吧！

「妳現在不也是洛采的領主嗎？其實只是治理範圍稍微變大了一點而已。」

才不只「一點」。光土地面積就大了不只三倍，更不用說人口數了。

「我是鍊金術師，而且我的目標是成為像師父那樣的鍊金術師。我不想做必須放棄這個目標的事情……」

「不用擔心，很多事情基本上都可以交給代理官員處理就好。看妳要利用克蘭西在他退休前培育下一任代理官員，還是同時做好領主跟鍊金術師的工作都可以。這部分不會特別限制妳。」

「可……可是連師父都沒受封爵位了，我怎麼好意思被擢升成子爵……」

我嘗試拿師父來當擋箭牌，結果反而就是師父最先質疑我這個藉口。

「嗯？……喔，我沒跟妳說過嗎？大師級鍊金術師的地位其實跟侯爵差不多，所以妳不用在意自己的階級比我高。」

「沒錯。所以，妳願意接下領主的職位嗎？」

「唔唔……好的。我願意擔任羅赫哈特的領主。」

被奪走所有退路的我，不可能還有其他答案。

我無奈地低下頭來，菲力克殿下則是心滿意足地點了點頭。

——可惡，這個王子果然是我的剋星……

就在我冒出這樣的想法的下一秒。

「對了，菲力克，要是你敢利用珊樂莎幫自己處理麻煩事……你應該知道會有什麼下場吧？」

「那……那當然！而且我怎麼敢利用米里斯大師的徒弟幫自己處理麻煩事呢！哈哈！哈哈哈……」

看菲力克殿下在發出一陣乾笑以後跟我一樣無奈地低下頭，我的心情也多少舒暢了一點。

◇◇◇

「啊～雖然沒有很大，但果然還是自己家待起來最舒服了……」

我坐在睽違許久的櫃檯前面，感嘆起回到家有多麼舒適自在。

「珊樂莎小姐，妳這次真的辛苦了。」

蘿蕾雅不只準備了茶跟茶點慰勞我，還幫我應對來訪的客人……所以我真的只是單純坐在櫃檯前面而已。

頂多在認識的人來店裡的時候打個招呼，基本上已經徹底進入了休養狀態。

我用手摸著待在櫃檯上的核桃。它抬頭看著大肆享受毛絨絨觸感的我，發出聽起來不太高興的「嘎嗚嘎嗚」叫聲。但我認為我的鍊金生物本來就有義務忍受小小的不悅，為我提供心靈上的療癒。

「這次真的累死我了，尤其精神上的疲勞幾乎要我的命。也謝謝妳幫我顧店，蘿蕾雅。」
「不客氣，我也只是盡自己所能幫妳而已。話說，核桃看起來不太開心喔。」
「沒關係啦。反正它這次沒幫忙做事。」
「核桃現在是我的保鑣吧？它有做好自己的工作啊。雖然最近不會有怪裡怪氣的採集家上門，不會需要核桃幫忙趕人。」
「不需要它幫忙趕人是好事啦～」
我不在家的那段期間，核桃似乎都是靜靜坐在櫃檯上，節省魔力。
它幾乎沒有消耗魔力，自然就不用魔晶石來恢復。這或許是它孝順我這個製作者的方法？
我懷著這樣的想法凝視起核桃時，蘿蕾雅突然從旁伸手搶走核桃。於是我的鍊金生物就這麼落入她的懷裡了。
唔～感覺核桃被她抱著好像也比較開心。
明明組成核桃個性的成分大部分來自我身上——如果用人類的講法來說，就是「明明我才是比較接近核桃的親生母親的人」……
是因為蘿蕾雅陪它的時間比較久嗎？比較親近養母，而不是生母的概念？
應該……不會跟胸部的豐滿程度有關吧？
「話說，珊樂莎小姐，妳現在變成治理我們村子的領主了，對嗎？」

蘿蕾雅不知道是不是注意到我的視線帶著一點怨念，把身體微微轉向一旁。我對她接著提出的疑問表示肯定，並另外做補充說明。

「咦？啊，嗯，對啊。嚴格來說是整個羅赫哈特跟洛采家領地的領主。」

洛采家的領地現在被併入羅赫哈特，變成洛采區了。

這導致我的全名變得非常長，叫做珊樂莎．菲德．洛采．羅赫哈特子爵——只是我自報姓名的時候要提到哪些姓氏純粹看我的心情，而通常只要講珊樂莎．羅赫哈特就夠了。

「那妳以後會更常不在店裡嗎？」

「不會不會，政務基本上都是交給代理官員處理。所以克蘭西會幫我把事情都處理好。」

我立刻否認，想讓看起來有點擔心的蘿蕾雅放心。

就算克蘭西年事已高，我也絕對不會犧牲自由自在的生活去減少他的工作量。而且我也需要克蘭西幫忙把我派去輔佐他的沃爾特教育到可以擔任下一任代理官員。

沃爾特或許得花一段時間習慣新的政務，畢竟羅赫哈特領土比洛采家領地大很多。但我希望他可以堅持下去——才不會影響到我安穩的鍊金術師生活！

「不過，有些工作還是必須由我親自處理，那些就沒辦法推給他們做了。」

「原來如此，意思是蓋在隔壁的那間大宅邸終於要派上用場嘍！」

「啊……嗯，是啊……哈哈……」

看蘿蕾雅這麼興奮地雙手握拳，我也只能用一陣乾笑回應她。

傳染病對約克村造成的影響不大，所以處理盜賊問題那時候在克蘭西的強烈建議下安排的擴建工程並沒有因此停擺，而擴建工程在不久前完工了。

蓋貝爾克先生他們努力打造的那間大宅邸裡面有寬敞的會客室、辦公室，還有客房，非常豪華，可是我們幾個其實住現在這間房子就夠了……這也導致我們幾乎沒有機會用到那間宅邸。

可是處理領主的工作會搞得家裡堆滿一大堆文件，現在這間房子一定會被堆到沒地方放。

克蘭西該不會是預測到我會當上領主，才會建議擴建吧……？應該不是，是的話就太扯了。

他當時大概還沒料到我會成為羅赫哈特的領主，可能只是想把身為洛采家領地領主的我留在約克村？

畢竟一般應該會覺得我改去洛采村開店會比較方便處理領主事務。

「不過……約克村在我來這裡的這短短兩年內變了好多啊。」

「是啊。我第一次遇到珊樂莎小姐的時候真的嚇了一大跳。因為我沒想到一個年紀跟我差不多的女生會是鍊金術師，還說要在我們這裡開店……我們第一次見面那天也是妳來我們村子的第一天吧？」

「嗯。我記得是去妳家買東西的時候認識妳的。」

「後來我因為妳才剛搬來，就過來幫妳的忙……我們那時候還一起做棉被呢。」

「嗯。仔細想想，妳那一次過來幫我，可能就是讓我想僱用妳當店員的關鍵。」
我就是因為在蘿蕾雅過來幫忙的那段時間了解到她的為人，才有辦法下定決心請她來當我的店員。
「如果我沒有來妳店裡工作，現在可能就是過著完全不一樣的人生了。但是當初反而是艾莉絲小姐跟凱特小姐先在妳這裡住下來。」
「妳這麼說我才想起來，好像是耶？我對她們住下來的時間比妳更早這件事沒什麼印象……不知道是不是因為妳從那時候就幾乎一整天都在我這裡，只有睡覺才會回家？」
蘿蕾雅會幫我做三餐，還會在我這裡洗澡，真的只有要睡覺的時候才會回家。
大概也是因為如此，達爾納先生跟瑪麗女士才會爽快答應讓蘿蕾雅搬過來住。
「之後妳跟艾莉絲小姐結婚，從平民變成貴族……現在甚至是整個羅赫哈特的領主了。」
「是啊，還不都是菲力克殿下害的！」
「哈哈哈……聽說菲力克殿下還有對瑪里絲小姐求婚吧？我好意外他會看上瑪里絲小姐。」
「只是好像被瑪里絲小姐當面拒絕了。我其實有點在意他們當初在格連捷到底是發生了什麼事，才會讓他們兩個差點發展到結婚這一步。」
「哦～原來珊樂莎小姐也會對戀愛的話題感興趣啊？」
「因為是別人的戀愛話題啊！如果跟我有關，我絕對不會感興趣好不好！」

我對看起來很意外的蘿蕾雅如此強調。蘿蕾雅露出些許苦笑，說：
「不過，我其實有點慶幸是珊樂莎小姐當上我們的新領主。」
「是嗎？」
「是啊。因為這樣就算珊樂莎小姐哪天離開約克村，我們的緣分也不會跟著消失……」
「咦？不不不，我打算一直留在約克村開店啊。」
我一看到蘿蕾雅有點寂寞的表情，就急忙搖頭否認。
「而且，就算有一天真的要離開這裡，我也不會拋下妳。到時候……妳願意跟我一起走嗎？」
「當然願意！我願意跟著珊樂莎小姐走到天涯海角！」
「謝謝妳！那，以後也要請妳繼續多多指教嘍。」
「沒問題。我才要請妳多多指教呢！」
蘿蕾雅在聽到我這番話後露出微笑──
「啊！珊樂莎學姊跟蘿蕾雅進到兩人世界了！外遇，這是外遇啊！艾莉絲小姐！」
從家裡探頭看往店內的蜜絲緹大聲叫喊，並接著呼喚艾莉絲。
「什麼？妳也太快外遇了吧，珊樂莎！我們不是才剛結婚沒多久嗎？雖然妳已經是子爵了，有一兩個情婦也很正常，可是妳至少先從凱特開始下手吧──」

「等一下、等一下！哪裡正常了！妳說的話太多地方可以吐槽了吧！」

我連忙打斷迅速跑來講些莫名其妙的話的艾莉絲，跟著艾莉絲過來的凱特則是表示同意我的說法。

「對啊，我才不在乎自己排第幾。要排在蜜絲緹後面也無所謂。」

「該吐槽的……不是那個啦！而且妳後面那句聽起來也怪怪的！」

「啊，我也有份嗎？那還滿不錯的。嘿嘿。」

原本瀰漫著悠哉氛圍的室內瞬間吵鬧了起來。

不過，我也不討厭這種吵吵鬧鬧的感覺。

我想，我大概會一直像這樣在大家的歡笑聲環繞之下經營這間店。

此時，店門口傳來一道開門聲，讓艾莉絲她們的談笑聲戛然而止。隨後——

「「「歡迎光臨！」」」

我們異口同聲喊出的這句話，響徹了整個店內。

後記

動畫版開播了！大家要記得看喔！

——我是趁機大肆宣傳動畫版的いつきみずほ。

假如有讀者是在動畫播完以後才買了本書，也可以上影音串流平台觀看，或是買動畫BD回家收藏。而且動畫BD還有附特典小說，很划算（？）喔。

話說，最近的動畫對不是住在大都市的人也滿友善的。

在BS播出的動畫不只全日本都看得到，有些串流平台還能免費觀看，所以也不用怕不小心錄影錄錯時段，事後才欲哭無淚！

尤其小孩子應該不太敢直接對父母說「我想看動畫，幫我出錢」……好了，就先不提已經過去的往事了。

其實我因為原作者有搶先看的特權，就先看完了整部動畫版……結果我在寫第七集的時候，腦袋裡想像角色說話的聲音都變成配音員的聲音了（笑）。

很可惜蜜絲緹跟瑪里絲沒有出現在動畫版裡，就無法用配音員的聲音重現了。唔～真可惜。

而正式播出的時候我當然也有看。只是我基於一些原因，是透過網路收看的。

在串流平台上收看真的很方便。不只不需要特地錄影也能隨時打開來看，還可以倒轉，又可以按暫停。簡直是大忙人的救星。

而且動畫版還有出迷你小劇場。雖然本篇的角色們很可愛，但是Q版的珊樂莎也一樣是不容錯過的可愛，如果有讀者還沒看過，不妨到串流平台找來看看吧！

話說，大家有注意到動畫版每一集最後都有顯示收支明細表嗎？

當初開會的時候我也是舉雙手贊成做收支明細表這個提議，可是計算詳細數字的工作當然會落在我頭上。偷偷說，我其實很煩惱該把數字算得多仔細。算得太細的話，會很難劃分事業收支跟私人收支各占多少。因為珊樂莎常常會把經營店面得到的材料跟錢挪做私用。

這樣寫起來就會發現她的做法跟容易引發經營問題的個人經營者一樣呢！經營店面的故事寫成這樣沒問題嗎？

又或者可以解釋成她是個連私人時間都拿來工作的工作狂。因為她個人的收支會直接影響到經營。

……咦？你問明明上一集才在講報稅，這樣公私不分不會出問題嗎？

沒問題。這個國家的鍊金術師基本上只需要依據銷售額繳交稅金。其實就是消費稅。雖然跟採集家收購材料的稅金也會由鍊金術師支付，所以其實有點不太一樣。另外，跟其他鍊金術師交易可以享有稅收抵免。

——那麼，就先不說這些應該沒有人想知道的隱藏設定了。

我最後是挑出金額較大的收入跟支出來計算詳細數字，並寫成清單，再請動畫製作團隊自行挑選要用到哪些項目。

明明是小說版的後記卻一直寫動畫版的事情好像也怪怪的，來講一下小說的內容吧。

這次珊樂莎跟艾莉絲之間的感情終於有進展了！

……應該有吧？又好像沒有？

但至少她們心靈上的距離好像更近了。

還有可以說是這一集另一個主角的瑪里絲小姐。

連有點少根筋的她都跟王子共同譜出了一段充滿酸甜苦澀的浪漫愛情故事——！

——這句話是不是事實，就要看各位從什麼角度來解釋了。她搞不好會很大膽地利用菲力克來達成自己的目的。

最後我要向各方人士致謝。

動畫製作團隊的每一位成員，謝謝你們讓珊樂莎她們動了起來，還把她們畫得這麼可愛。身為原作者的我真的很感動有幸看到自己的作品動畫化。

ふーみ大人，您不只在忙著幫動畫版繪製不少新圖的時期為小說版繪製兩集的封面、彩頁跟內頁插畫，甚至兩集中間只隔一個月，工作量一定非常大。我想說聲辛苦您了，也謝謝您總是替小說版提供精美的插畫。而且上次還麻煩您幫忙替蜜絲緹做角色造型設計！

kirero大人，漫畫版在轉眼之間就出到第三集了呢。明明感覺好像不久之前才剛開始連載——但應該是因為我只需要確認大綱就好，才會覺得時間過得很快。每個月都要構思一篇漫畫想必不是件輕鬆的事情，未來也要繼續麻煩您了。

還有各位讀者，謝謝你們總是這麼捧場地購買我的作品。而且本作能夠出動畫版也是多虧大家的支持，真的非常感謝各位。

不過，以前還真沒想到我可以看到自己的小說刊載在從小看到大的Fantasia文庫上，甚至出漫畫版跟動畫版……

這下我這輩子就了無遺憾了——才怪，我還有很多想嘗試的事情，希望各位有機會也可以看看我其他的作品！我還有其他兩部氛圍跟本作有點不太一樣的作品，分別是《魔導書工房の特注品（Fantasia文庫）》和《異世界転移、地雷付き（Dragon-novels）》，就再請各位多多指教了！

也期待我們有機會再相見。

（註：以上為日本方面的情況。）

いつきみずほ

奇招百出的維多利亞 1 待續

Kadokawa Fantastic Novels

作者：守雨　插畫：藤実なんな

頂尖諜報員銷聲匿跡後遠走他鄉
夢想過自己的小日子！

維多利亞是手腕高超的諜報員，因上司的背叛決定脫離組織，過著一般市民的自由人生。憑藉著諜報員時代的長才，她在新天地得以大展身手，然而組織怎麼可能放過她！許許多多的危機正悄悄逼近——重拾幸福的人生修復故事，拉開序幕！

NT$260/HK$87

Silent Witch 沉默魔女的祕密 1~4 待續

作者：依空まつり　插畫：藤実なんな

莫妮卡面對校慶明裡暗裡忙得不可開交！
此時卻有咒具流入校園!?

為確保第二王子能正式公開亮相，校方無視於棋藝大會的入侵者騷動，強行舉辦校慶。莫妮卡與反派千金及〈結界魔術師〉對此構築縝密的護衛計畫。然而就在以為準備萬全的當天清早，七賢人〈深淵咒術師〉卻忽地傳來了咒具流入校園的情報……

各 **NT$220~280/HK$73~93**

狼與辛香料 1~24 待續

Kadokawa Fantastic Novels

作者：支倉凍砂　插畫：文倉 十

賢狼與前旅行商人幸福生活的第七集開幕！
羅倫斯與女商人伊弗再度碰頭，她是敵是友!?

有個森林監督官找羅倫斯求救，說有片寶貴的森林即將消失。原來托尼堡地區的領主為將來著想，決定開闢森林，而領民們卻想留下這片祖先世世代代守護至今的森林，然而預定收購這批木材的港都卡蘭背後，居然有那個女商人的影子……

各 **NT$180~250/HK$50~83**

國家圖書館出版品預行編目資料

菜鳥鍊金術師開店營業中 . 7, 防治傳染病 !/ いつきみずほ作 ; 蒼貓譯 . -- 初版 . -- 臺北市 : 臺灣角川股份有限公司 , 2023.10

面 ;　公分 . -- (Kadokawa fantastic novels)

譯自 : 新米錬金術師の店舗経営 . 7, 疫病を退治しよう !

ISBN 978-626-378-050-7(平裝)

861.57　　112013281

Kadokawa
Fantastic
Novels

菜鳥鍊金術師開店營業中 7
防治傳染病！

（原著名：新米錬金術師の店舗経営07 疫病を退治しよう！）

2023年10月25日 初版第1刷發行

作　者：いつきみずほ
插　畫：ふーみ
譯　者：蒼貓

發行人：岩崎剛人
總編輯：蔡佩芬
編　輯：黎夢萍
美術設計：李思穎
印　務：李明修（主任）、張加恩（主任）、張凱棋

發行所：台灣角川股份有限公司
地　址：104台北市中山區松江路223號3樓
電　話：（02）2515-3000
傳　真：（02）2515-0033
網　址：www.kadokawa.com.tw
劃撥帳戶：台灣角川股份有限公司
劃撥帳號：19487412
法律顧問：有澤法律事務所
製　版：巨茂科技印刷有限公司
ISBN：978-626-378-050-7